中国最有作为皇帝演义

ZHONGGUOZUIYOUZUOWEI HUANGDIYANYI

# 清圣祖康熙

【清】蔡东藩◎著

新华出版社

图书在版编目（CIP）数据

清圣祖康熙／蔡东藩著. -北京：新华出版社，2015.7
（中国最有作为皇帝演义）
ISBN 978-7-5166-1849-3
Ⅰ.①清… Ⅱ.①蔡… Ⅲ.①章回小说—中国—现代 Ⅳ.①I246.4
中国版本图书馆CIP数据核字（2015）第158064号

**清圣祖康熙**

作　　者：蔡东藩

出 版 人：张百新　　选择策划：要力石
封面设计：李尘工作室　　责任印制：廖成华
责任编辑：刘广军　郑建玲

出版发行：新华出版社
地　　址：北京石景山区京原路8号　　邮　　编：100040
网　　址：http：//www.xinhuapub.com　　http：//press.xinhuanet.com
经　　销：新华书店
购书热线：010-63077122　　中国新闻书店购书热线：010-63072012

照　　排：钟铉工作室
印　　刷：北京文林印务有限公司

成品尺寸：145mm×210mm
印　　张：6　　字　　数：100千字
版　　次：2015年8月第一版　　印　　次：2015年8月第一次印刷

书　　号：ISBN 978-7-5166-1849-3
定　　价：39.00元

图书如有印装问题请与出版社联系调换：010-63077101

# 出版说明

蔡东藩（1877–1945），清山阴县临浦（今属浙江省杭州市萧山）人。近代著名演义小说作家、历史学家。14岁中秀才，后又进京朝考，名列优贡，分发福建候补知县，因不满官场恶习，数月后即称病回乡。辛亥革命之后，先后在杭州、绍兴等地教书。1916年开始，蔡东藩用10年时间完成了《中国历朝通俗演义》，时间跨度自秦始皇到民国九年，凡2166年。其内容跨越时间之长、人物之众、篇制之巨，堪称历史演义之最，被誉为“一代史家，千秋神笔”。

蔡东藩先生的这套历史演义，在史料上遵循“以正史为经，务求确凿，以轶闻为纬，不尚虚诬”的原则，在体裁上突出“义以载事，即以道情”的特点，并且自写正文，自写批注，自写评述，是历史性与趣味性相融合的典范之作。此套书

是毛泽东的枕边书，也深受诸多历史学家好评，顾颉刚先生认为“蔡先生对史料的运用与取舍，采取了相当认真的态度”，“随意翻览一下，说不定会有提纲挈领的功效”。著名历史小说作家二月河认为“读蔡先生的书可以导你入门，且是独此一家，别无分店”。因而对于大众读者来说，读《二十四史》，不如读蔡东藩。

本套“中国最有作为皇帝演义”即从《中国历朝通俗演义》中精选出中国历史上8位杰出皇帝，删芜就简，以飨读者。丛书包括《汉高祖刘邦》《汉武帝刘彻》《光武帝刘秀》《唐太宗李世民》《宋太祖赵匡胤》《元太祖成吉思汗》《明太祖朱元璋》《清圣祖康熙》。丛书经过精心编选，除却个别地方为保持语句畅通而做了微小改动之外，其余完全遵循蔡东藩先生的原著。丛书对于历史爱好者、帝王研究者和各类文化学者而言，具有很高的收藏、研赏价值。

编者

2015年7月

# 目录

# 第一回 弑故主悍师徵功 除大憨冲人定计

顺治帝因中原混一，已存一厌世心。只是宫中有位董鄂妃，乃是南中汉人，被虏北去，没入宫内，顺治帝见她身材窈窕，秀外慧中，竟把她格外宠幸，封为贵妃。“回头一笑百媚生，六宫粉黛无颜色。”少年天子，未免多情，为此一缕丝牵，未忍遽辞尘网。这老天

偏要成全顺治帝初志，竟降了二竖下来，陪着董妃左右，从此董妃日渐瘦弱，一病不起，膏肓成痼，药石无灵，可怜一朵娇花，竟与流水同逝。顺治帝十分悲痛，辍朝五日，特谕礼部，略称："皇贵氏董鄂妃薨逝，奉圣母皇太后懿旨，宜追封为皇后，以示褒崇。朕仰承慈谕，用特追封，加以谥号，谥曰孝献庄和至德宣仁端敬皇后。"顺治帝颇称英武，只废后宠妃两大案，为一生缺憾。礼部奉旨，办理丧葬事宜，自必格外从丰，无庸细说。这是顺治十七年仲秋事。梧桐叶落，翡翠衾寒，转眼间霜雪连天，益增忉怛。顺治帝经此惨事，益看破世情，遂于次年正月，脱离尘世，只留重诏一纸，传出宫中。诏曰：

太祖太宗创垂基业，所关至重，元良储嗣，不可久虚。朕子玄晔，佟氏所生，八岁岐嶷颖慧，克承宗祧，兹立为皇太子；即遵典制，持服二十七日，释服即皇帝位，特命内大臣索尼苏克萨哈遏必隆鳌拜为辅臣。伊等皆勋旧重臣，朕以腹心寄托，其勉矢忠荩，保翊冲主，佐理政务，布告中外，咸使闻知。

此诏一传，各王大臣非常惊疑，都说昨日早朝，皇上康健如恒，怎么今日会晏起驾来？且遗诏上面，亦并没有说起病源，正是奇怪得很。当下照例哭临，辅政四大臣及信郡王铎尼、大学士洪承畴等，奉了八龄的新主，即帝位于太和殿，这便是皇三子玄晔嗣位。拟定年号叫康熙，次年改元，尊为清圣祖仁皇帝。

却说康熙帝即位，由四位辅政大臣，尽心佐理，首拟肃清宫禁，将内官十三衙门，尽行革去。什么叫作十三衙门？即司礼监、尚方司、御用监、御马监、内官监、尚衣监、尚膳监、尚宝监、司设监、兵仗局、惜薪司、钟鼓司、织染局便是。这十三衙门中，所用的

都是太监，顺治帝在日，曾立内十三衙门铁牌，严禁太监预政，只因衙门未撤，终不免鬼鬼祟祟，暗里藏奸，康熙帝即位，就裁撤十三衙门，宫廷内外，恭读上谕，已自称颂不置。清圣祖为一代令主，所以开场叙事即表明德政。到了元年三月，平西王吴三桂、定西将军爱星阿先书三桂，特标首恶。奏称："奉命征缅，两路进兵，缅酋震惧，执伪永历帝朱由榔献军前，滇局告平。"此奏一上，特降殊旨，进封三桂为亲王，镇守如故，命爱星阿即日班师。原来桂王寄居缅甸，本已困辱万分。李定国时在景线，连上三十余疏，迎驾往彼，都被缅人阻住。定国复出军攻缅城，缅人固守不下，忽闻清兵亦来攻缅，只得引还景线。适缅酋巴哇喇达姆摩弑兄自立，欲借清朝的势力，压服缅人，遂阴使通款清兵，愿执献桂王。三桂应允，限期索献。缅酋遂发兵三千，围住桂王住所，托名诅盟，令从官出饮咒水。马吉翔先出，开了头刀，李国泰作了吉翔第二，接连是走出一个，杀死一个，共死四十二人。惟沐天波与将军魏豹，格死缅人数名，自刎而亡。马、李等死有余辜，惟沐天波似觉可惜。桂王自知不免，含泪修书，遣人投递清营，交与吴三桂，其辞非常沉痛，详录如下：

将军新朝之勋臣，亦旧朝之重镇也。世膺爵秩，封藩外疆，烈皇帝之于将军，可谓厚矣。国家不造，闯贼肆恶，覆我京城，灭我社稷，逼我先帝，戮我人民，将军志兴楚国，饮泣秦庭，缟素誓师，提兵问罪，当日之初衷，固未泯也。奈何遂凭大国，狐假虎威，外施复仇之名，阴作新朝之佐？逆贼既诛，而南方土宇，非复先朝有矣。诸臣不忍宗社之颠覆，迎立南阳，枕席未安，干戈猝至，弘光北狩，隆武被弑，仆于此时，几不欲生，犹暇为社稷计乎？诸臣强之再三，谬承先绪，自是以来，楚

地失，粤东亡，惊窜流离，不可胜数。犹赖李定国迎我贵州，接我南安，自谓与人无患，与世无争矣。而将军忘君父之大德，图开创之丰功，提师入滇，覆我巢穴，由是仆渡荒漠，聊借缅人以固我圉，山遥水长，言笑谁欢，只益悲矣。既失山河，苟全微息，亦自息矣。乃将军不避阻险，请命远来，提数十万之众，穷追逆旅，何以视天下之不广哉？岂天覆地载之中，犹不容仆一人乎？抑封王赐爵之后，犹欲歼仆以徼功乎？既毁我室，又取我子，读鸱鸮之章，能不惨然心恻乎？将军犹是世禄之裔，即不为仆怜，独不念先帝乎？即不念先帝，独不念列祖列宗乎？即不念列祖列宗，独不念己之祖若父乎？不知大清何恩何德于将军，仆又何仇何怨于将军也？将军自以为智，适成其愚，自以为厚，适成其薄，千载而下，史有传，书有载，当以将军为何如也？仆今日兵衰力弱，茕茕之命，悬于将军之手矣，如必欲仆首领，则虽粉骨碎身，所不敢辞；若其转祸为福，或以遐方寸土，仍存三恪，更非敢望，苟得与太平草木，同沾雨露于新朝，纵有亿万之众，亦当付于将军矣。惟将军命之！

这封书信，若到别人手中，也要存点恻隐，为桂王顾恤三分，偏这忍心害理的吴三桂，毫不动心，仍檄催缅酋速献桂王。桂王方等三桂复书，忽见缅兵七八十名，蜂拥而入，不问情由，把桂王连人带座，抬了就走。还有桂王眷属二十五人，号哭相随。桂王此时精神恍惚，由他抬着，经过了若干路程，满望是荆蔓葛藤，无情一碧。正是荆天棘地。到了缅都城外，见有大营数座，旗帜分悬，右首是平西大将军字样，左首是定西大将军字样，缅兵从平西大将军营内进去，放下桂王，出营自去。这里自有营兵接住，桂王问此处是哪里？营兵道："是清平西大将军吴王爷大营。"桂

王道："是否平西王吴三桂。"营兵应了一个"是"字，桂王叹了数声。又见眷属多蓬头赤足，被缅兵押令入营，到桂王前，个个放声大哭。营内走出一员部将，大喝道："王爷出来，休得胡闹！"狐假虎威。眷属被他一吓，噤住哭声。

少顷，一位雄纠纠气昂昂的大员，带了数名护卫，缓步出来，对了桂王，一个长揖。桂王见他头戴宝石顶，身穿黄马褂，早料着是大将军模样，恰故意问是谁人？答称"清平西王吴，……"说到吴字，停住。桂王道："你便是大明平西伯吴三桂么？"偏要提出大明二字，桂王也算辣口。三桂闻得"大明"二字，好像天雷劈顶一般，顿时毛骨俱悚，不由得双膝跪下，颤声道："是。"天良终自难泯。桂王道："好一个平西伯，果然能干！可惜是忘本了。但事到如今，也不必说，朕正思北去，一谒祖宗十二陵寝，你能替朕办到，朕死亦瞑目了。"三桂仍颤声道：“是。”桂王命他起来。三桂即辞归营内，对众将道：“我自从军以来，大小经过数百战，并没有什么恐惧，不意今日见这末代皇帝，偏令我跼蹐难安，真正不解，真正不解。”有何难解？随令部将护着桂王及桂王家眷，簇拥前行，自己邀同爱星阿，拔营归滇。不几日到了云南省城，将桂王拘禁别室，与爱星阿商议处置桂王的法子。爱星阿拟献俘北京，听朝廷发落。吴三桂道：“倘中途被劫，奈何？据我愚见，不如奏请就地处决为是。”爱星阿系满人，尚不欲死永历，何物三桂，悍忍至此？爱星阿不便抗议，照三桂意拜发奏折。到了四月十四日，奉了清圣祖谕旨：“前明桂王朱由榔，恩免献俘，着即传旨赐死。钦此。”志明月日，作为明宗绝灭一大纪念。三桂立即升帐，传齐马、步各军，将桂王及眷属二十余人，都拥到篦子坡法场，令即绞决。桂王也不多说。只有桂王储嗣，年只十二龄，大骂三桂道：“三桂黠贼！

我朝何负于汝？我父子何仇于汝？乃竟置我死地。天道有知，必不令黠贼善终！”是日，天昏地暗，风霾交作，滇人无不悲悼，改唤篦子坡为迫死坡。福、唐、桂三藩事，至此结局。

时李定国方联结暹罗、古剌诸国，拟大举攻缅，索还桂王，忽闻缅人已把桂王献与吴三桂，急引兵追截；途次，又闻桂王被弑，望北大哭，呕血数升。兵士见主帅已病，请即退还。回到猛猎，病势日重一日，临危时，尚三呼永历帝，悠然而逝。还算是他。

定国已死，西陲无遗患，独东南尚有张煌言、郑成功。煌言隐居南田岛，随从只有数人，明知大势已去，无能为力，只是忠心未泯，还与台湾常通音问，屡促成功进兵。不料成功一病身亡，煌言闻讣大哭道：“延平一殁，还有何望？”从此深岛屏居，谢绝一切，暇时或著书遣闷，借酒消愁。一日，方在门外闲眺山水，见有数人着了明装，走到煌言面前，瞧了又瞧。煌言方自惊诧，但听来人道：“君非张煌言先生么？”煌言不便道出姓名，却转问来人。来人道：“我等皆故明遗民，因闻先生居此，特来拜谒。先生何必隐匿名姓，难道疑我等为奸细么？”煌言便邀到窟穴，彼此各道姓字，无非是张三、李四一流人物。坐谈之顷，满口思明，声声忠义，与煌言说得非常投机，并云：“岛口有来舟数号，舟中同志，约数百人，一成一旅，也可中兴，请先生出去一会，订定盟约，共图恢复便是。”煌言热心复明，便随了来人，步至岛口，果见口外泊船数艘，将要上船，舟中突起数人，都是辫发的清兵，煌言始知中他诡计。清兵提起铁索来缚煌言，煌言厉声道：“士可杀不可辱！”道言未绝，岸上引诱煌言的来人，即摇手阻住。当下偕煌言上船，乘着风势，到了宁波，复由宁波转达杭州，由清兵上岸，雇了肩舆，抬煌言入署。巡抚赵廷臣下阶迎接，请他上

坐，便哓哓叨叨的劝他降清。煌言道："如公厚谊，非不足感，但煌言义不事清，有死无二。任他辩如秦、仪，不能摇动方寸，还是早日就死，完我贞心。"廷臣见无可说，便从他志愿，送出清波门，令他就义，把遗骸送入凤凰山中。迄今凤凰山有张苍水先生墓，就是煌言遗冢。

这时候，镇守闽地的耿继茂，复与闽督李率泰，水师提督施琅，借了荷兰国夹板船数艘，攻克金、厦二岛，复名思明州为厦门。郑军退保台湾，由成功子经据守台地，仍奉永历正朔，效节海外。清廷将郑芝龙正法，并其子郑成恩、世恩、世荫等，亦一律斩首。芝龙临刑时，长叹道："早知如此，何必投降。"悔已迟了。郑经闻芝龙受刑，痛乃祖之被戮，悲厥考之无成，抢地呼天，枕戈饮血，可奈遁地徒成孤立，衔石不足填波，只得遵晦养时，再作计较。

那时八龄天子，坐享承平，归马放牛，修文偃武，太常纪绩，颁世禄以报功，胜国搜贤，予隆谥以表节。光阴荏苒，已是四年，天子大婚，册内大臣噶布喇女何舍里氏为皇后，龙凤双辉，满廷庆贺。太皇、太后与皇太后，各上徽号，虽是照例应有的事情，免不得锦上添花，愈加热闹。只范文程、洪承畴等一班勋臣，先后逝世，朝纲国计，统归辅政四大臣管理。这四大臣中，索尼是四朝元老，资格最优，人品亦颇公正。遏必隆苏克萨哈勋望较卑，凡事俱听索尼主裁。独这鳌拜随征四方，自恃功高，横行无忌，连索尼都不在眼中，他想把索尼诸人，一一除掉，趁着皇帝冲幼，独揽大权，因此暗中设法，先从苏克萨哈下手。苏克萨哈系正白旗人，鳌拜乃镶黄旗人，顺治初年，睿亲王多尔衮曾把镶黄旗应得地，给予正白旗，别给镶黄旗右翼地，旗民安居乐业，已二十多年。鳌拜倡议，欲将原地各归原旗，

明明是借题生衅。宗人府会议照准，遂命直隶总督朱昌祚，巡抚王登联，会同国史馆大学士苏纳海，经理易地事宜。俗语说道："多一事不如少一事。"这安居乐业的旗民，无缘无故要他迁徙，不免要多费财力；况且原地易还，屯庄亦须互换，彼此各有损失，各有困难，自然而然的怨恨起来。苏纳海、朱昌祚、王登联等，俯顺舆情，奏请停止，康熙帝召见四大臣，将原奏交阅。鳌拜怒道："苏纳海拨地迟误，朱昌祚阻挠国事，统是目无君上，照例应一律处斩。"这是鳌拜自创的律例。康熙帝问索尼等人道："卿等以为何如？"遏必隆连忙答道："应照辅臣鳌拜议。"索尼亦随即接口道："臣意也是如此。"口吻略有不同，然都是敲顺风锣。只苏克萨哈俯首无言。鳌拜怒目而视，恨不将苏克萨哈吞入肚中，转向康熙帝道："臣等所见皆同，请皇上发落！"康熙帝犹在迟疑，鳌拜即向御座前，检出片纸，提起御用的朱笔，写着："苏纳海、朱昌祚、王登联，不遵上命，着即处斩"十七个大字，匆匆径出。索尼等亦随了出来。鳌拜就将矫旨付与刑部，刑部安敢怠慢，即提到苏纳海、朱昌祚、王登联三人，绑出市曹，一概枭首。暗无天日。

康熙帝见鳌拜这副情形，遂有意亲政，阴令给事中张维赤等联衔奏请。贝勒王大臣同声赞成，独鳌拜不发一词。康熙帝又延了年月，直到康熙六年秋季，始御乾清门听政。隔了数日，索尼病逝，鳌拜欲加专恣，苏克萨哈恐不能免祸，遂呈上奏折，略云：

臣以菲材，蒙先皇帝不次之擢，厕入辅臣之列，七载以来，毫无报称，罪状实多。兹遇皇上躬亲大政，伏祈令臣往守先皇帝陵寝，如线余息，得以生全，则臣仰报皇上豢育之恩，亦得稍尽。谨此奏闻。

帝览奏，即用另纸写就朱谕道：

尔辅政大臣等，奉皇考遗诏，辅朕七载，朕正欲酬尔等勤劳。兹苏克萨哈奏请守陵，如线余息，得以生全，不识有何逼迫之处？在此何以不得生？守陵何以得生？着议政王贝勒大臣会议具奏。

此谕一下，鳌拜已经闻知，遂至议政王处运动。这时候，议政王中，要算康亲王杰书，位望较高，然见了鳌拜，亦非常畏惧。鳌拜便授意杰书，教他如此如此，杰书唯唯听命，遂照鳌拜意奏复。康熙帝见了复陈，不觉惊异起来。看官！你道他复奏中是什么说话？他说："苏克萨哈系辅政大臣，不知仰体遗诏，竭尽忠诚，反饰词欺藐主上，怀抱奸诈，存蓄异心，本朝从无犯此等罪名，应将苏克萨哈官职，尽行革去，即凌迟处死，所有子孙，俱着正法”云云。查清朝律例，凌迟处死，乃是大逆不道的处分，苏克萨哈请守陵寝，不过语言激烈一点，如何可加他凌迟，并且还要灭族？康熙帝幼年岐嶷，哪有不惊异之理，便召康亲王杰书等，及遏必隆、鳌拜二人入内，说他复奏谬误。鳌拜即上前辩驳，康熙帝道：“你与苏克萨哈，不知有什么仇隙，定要斩草除根，朕意恰是不准。”总算圣明。鳌拜道：“臣与苏克萨哈并无嫌隙，只是秉公处断。”康熙帝道：“恐怕未必。”鳌拜道：“若不如此办法，将来臣下都要欺君罔上了。”康熙帝道：“欺君罔上的人，眼前何曾没有？朕看苏克萨哈倒还是有些规矩。”鳌拜仍是力请，康熙帝坚执不允。鳌拜不禁大怒，攘臂直前，欲以老拳相饷。康熙帝究属少年，吓得惶恐失色，便支吾道：“就要办他，亦不应凌迟处死。”鳌拜抗声道：“即不凌迟，也应斩首。”鳌拜真穷凶极恶。康熙帝战栗不答，还是杰

书同遏必隆，参了末议，定了绞决。亏他调停。鳌拜方无言而出。可怜苏克萨哈七载勤劳，竟被权奸构陷，惨死法场。专制之世，其惨如此。

康熙帝经此一激，到慈宁宫内去见太后，泣述鳌拜不法情状。太后女流，无计可施，只用好言抚慰。究竟圣明天子，别有心思，他向各王邸中，选了百名亲王子弟，年纪多与康熙帝仿佛，一班儿练习武艺，研究拳术，将门之子，骨种不同，不到一年，都学得拳术精通，武艺高强，连康熙帝也得了一点本领。于是康熙帝不动声色，先封鳌拜为一等公，歇了数日，单召鳌拜入内议事。鳌拜欣然前往，到了内廷，见康熙帝端坐上面，两旁站立的，便是一班少年贵胄。鳌拜昂着头，走至康熙帝前。死在目前，还是这般桀傲。说道："皇上召臣何事！"康熙帝竖起龙目，怒向鳌拜道："你知罪么？"劈头劈脑的一句。鳌拜毫不畏惧，直答道："臣有何罪？"康熙帝道："你结党树私，妨功害能，罪不胜举，还说无罪！”鳌拜听了此语，恼着性子，忍耐不住，仍旧发作攘臂故态。原是要你如此。康熙帝索性激他一激，便道：“左右与我拿下！”鳌拜厉声道：“哪个敢来拿我！”言未毕，一少年应声而出，走近鳌拜，鳌拜即拍面一拳，那少年不慌不忙，把鳌拜拳头接住，喝一声道：“去。”鳌拜站立不住，倒退数步。众少年趁这机会，拥住鳌拜，你一拳，我一脚，鳌拜不防这童子军，竟有如许能力，方想极力招架，谁知已被众少年掀翻，打得皮破血流，奄奄一息。康熙帝便召杰书、遏必隆入内，痛骂一顿。两人连忙下跪，捣头如蒜。康熙帝便命两人拖出鳌拜，叫他们据实讯鞫，不得徇私。这两人魂胆消扬，自然遵旨勘实，奏复鳌拜罪状共三十款。末后有鳌拜为勋旧大臣，正法与否，出自皇上圣裁等语。还想回护这贼子。正是：

当道豺狼遭失势，满城狐鼠亦寒心。

未知鳌拜性命如何，且看下回分解。

吴三桂率军南下，严檄缅人，令献永历帝自刎，此实三桂之一失计，若稍有远识，谁肯悍然不顾，冒大不韪之名？迨缅人献出永历，复手自加弑，彼以为可免清帝之嫌，不知愈中清帝之忌。康熙帝固英断有余。观其不动声色，立除鳌拜，鳌拜能除，宁不能除三桂耶？篇中虽依次叙事，然钩心斗角处，隐具匣剑帷灯之妙。微而显，明而晦，吾于是书亦云。

# 第二回　蓄逆谋滇中生变　撤藩镇朝右用兵

却说清康亲王杰书等，既审问鳌拜，明白复奏，不日，由内阁传下谕旨。其词道：

鳌拜系勋旧大臣，受国厚恩，奉皇考遗诏，辅佐政务，理宜精白乃心，尽忠报国。不意鳌拜结党专权，紊乱国政，纷更成宪，罔上行

私，凡用人行政，鳌拜欺藐朕躬，恣意妄为。文武官员，欲令尽出其门。内外要路，俱伊之奸党。班布尔善、穆里玛塞本得、阿思哈、噶褚哈讷莫、泰壁图等，结为党与，凡事先于私家商定乃行；与伊交好者，多方引用，不合者即行排陷，种种奸恶，难以枚举。朕久已悉知，但以鳌拜身系大臣，受累朝宠眷甚厚，犹望其改行从善，克保功名以全始终。乃近观其罪恶日多，上负皇考付托之重，暴虐肆行，致失天下之望。遏必隆知其恶，缄默不言，意在容身，亦负委任。朕以罪状昭著，将其事款命诸王大臣公同究审，俱已得实，以其情罪重大，皆拟正法。本当依议处分，但念鳌拜效力多年，且皇考曾经倚任，朕不忍加诛，姑从宽免死，着革职籍没，仍行拘禁。遏必隆无结党事，免其重罪，削去太师职衔及后加公爵。班布尔善、穆里玛、阿思哈、噶褚哈塞本得、泰壁图、讷谟，或系部院大臣，或系左右侍卫，乃皆阿附权势，结党行私，表里为奸，擅作威福，罪在不赦，概令正法。其余皆系微末之人，一时苟图侥幸，朕不忍尽加诛戮，宽宥免死，从轻治罪。至于内外文武官员，或有畏其权势而倚附者，或有身图幸进而依附者，本当察处，姑从宽免。自后务须洗心涤虑，痛改前非，遵守法度，恪共职业，以期副朕整饬纪纲、爱养百姓之至意。钦此。

刑部奉到谕旨，即遵照办理，自是文武百官，方晓得康熙帝英明，不敢肆无忌惮。这事传到外省，别人倒还不甚介意，只有那两朝柱石功高望重的吴三桂，偏觉心中不安起来。事有凑巧，广东镇守平南王尚可喜，因其子之信酗酒暴虐，不服父训，恐怕弄出大祸，遂用了食客金光计，奏请归老辽东，留子镇粤，他的意思，无非望皇上召还，得以面陈一切，免致延累。适值康熙帝除了鳌拜，痛恨权臣，见

了此奏，即令吏部议复。吏部堂官，早窥透康熙的意思，议定藩王现存，儿子不得承袭，尚可喜既请归老，不如撤藩回籍等语。康熙帝遂照议下谕。

吴三桂在云南，日日探听朝廷消息，他的儿子吴应熊曾招为驸马，在京供职，所有国事，朝夕飞报。尚可喜还未接谕，吴三桂早已闻知，当下写了密函，寄到福建。此时靖南王耿继茂已死，由其子靖忠袭封，仍镇守福建地方，得了三桂密书，就照书中行事，上了折子，奏请撤兵。折奏到了北京，吴三桂奏折亦到，大致与靖忠相同。如此恭顺，殊出意料。及看到后文，始知吴、耿命意。康熙帝召集廷臣会议，各大员多胆小如鼷，主张勿撤；又命议政王及各贝勒议决，也是模棱两可。康熙帝道："朕阅前史，藩镇久握重兵，总不免闯出祸来，朕意还是早撤。况吴三桂子应熊，耿精忠弟昭忠、聚忠等，都在京师供职，趁此撤藩，彼等投鼠忌器，尚不至有变动。”独具见解。兵部尚书明珠，户部尚书米思翰，刑部尚书莫洛，听到此语，就随声附和起来，不是说圣意高深，就是说圣明烛照。极力谄媚。康熙帝遂准奏撤藩，差了侍郎哲尔旨，学士博达礼往云南，户部尚书梁清标往广东，吏部左侍郎陈一炳往福建，经理各藩撤兵起行事宜。

三桂闻了此信，大吃一惊，暗想道：“我去奏请撤藩，乃是客气说话，不料他竟当起真来。”遂密与部下夏国相马宝计议。马宝道：“这乃调虎离山之计，王爷若愿弃甲归田，也不必说，否则当速谋自立，毋再迟疑。”夏国相道：“马公之言甚是。但现在且练兵要紧，等待朝使一到，激动军心，便好行事。”一吹一唱，吴氏香火，要被他断送了。三桂便于次日升帐，传齐藩标各将，往校场操演。各部将遵着号令，不敢懈怠。以后日日如此，除夏国相、马宝及三桂两婿郭壮图、胡国柱外，统是

莫明其妙。

一日，传报钦使到来，三桂照常接诏，一面留心腹部员款待两使，一面部署士卒，检点库款，宛似办理交卸的样子。整顿已毕，便召众将士齐到府堂，令家人抬出许多箱笼，开了箱盖，搬出金银珠宝，细缎衣服各类，摆列案前，随向将士说道："诸位随本藩数十年，南征北讨，经过无数辛苦，现今大局渐平，方想与诸位同享安乐，不期朝廷来了两使，叫本藩移镇山海关，此去未知凶吉，看来是要与诸位长别了。"并不要他就死，如何说是长别？众将士道："某等随王爷出生入死，始有今日，不知朝廷何故下旨撤藩？"三桂道："朝旨也不便揣测，大约总是'鸟尽弓藏，兔死狗烹'的意思。本藩深悔当年失策，辅清灭明，今日奉旨戍边，不知死所，这也是本藩自作自受。确是自作自受。只可怜我许多老弟兄，汗马功劳，一旦化为乌有。"说到此处，恰装出一种凄惶的形状；并把手指向案前道："这是本藩历年积蓄，今日与诸位长别，各应分取一点，留个纪念。他日本藩或有不测，诸位见了此种什物，就如见了本藩。罢罢罢，请诸位上来，由我分给！"众将士都下泪道："某等受王爷厚恩，愿生死相随，不敢再受赏赐。"三桂见众将士已被煽动，随即说道："钦使已限定行期，不日即当起程，诸位还要这般谦逊，反使本藩越加不安。"众将士方欲再辞，忽从大众中闪出两人，抗声道："什么钦使不钦使？我等只知有王爷，不知有钦使。王爷若不愿移镇，难道钦使可强逼么？"三桂视之，乃是马宝、夏国相，却假作怒容道："钦使奉圣旨前来，统宜格外恭敬，你两人如何说出这等言语，真是瞎闹！"马宝、夏国相齐声道："清朝的天下，没有王爷，哪里能够到手？这语是极。今日他已非常快乐，反使王爷跋涉东西，再尝苦味，这明明是不知报德。王爷愿受清命，某等恰心

中不服！”三桂道：“休得乱言！俗语说道：‘君要臣死，不得不死。’只我前半生是明朝臣子，为了闯贼作乱，借兵清朝，报了君父大仇。你尚知有君父么？本藩因清朝颇有义气，故尔归清，至永历帝到云南时，本藩也有意保全，无如清廷硬要他死，不能违拗，只得令他全尸而亡，亏他饰词。把他好好安葬。现在远徙关外，应向永历帝陵前祭奠一回，算作告别，诸位可愿随去么？”众将士个个答应。

三桂入内更衣，少顷，即出。众将士见他蟒袍玉带，竟浑身换了明朝打扮，所谓反复小人。又都惊异起来。三桂令家人扛了牛羊三牲，带同将士，到永历帝坟前酬酒献爵，伏地大哭。这副急泪，如何预备？众将士见他哭得悲伤，也一齐下泪，正在悲切之际，不料两钦差又遣使催行。三桂背后跃出胡国柱，拔了佩刀，把来人砍翻。三桂大哭道：“你如何这般鲁莽？叫我如何见钦使？军士快与我捆了国柱，到钦使前请罪！”众将士呆立不动，三桂催令速捆。马宝上前道：“王爷如要捆绑国柱，不如将某等一齐捆去。”三桂道：“你们如此刁难，难道钦使不要动气么？”马宝道：“两个京差，怕他什么！”三桂道：“钦使不怕，还有抚台，你可怕么？”胡国柱道：“不怕不怕，我就去杀他！”众将士道：“我等同去！”三桂连忙拦阻，只拦得一半，一半随着国柱忿忿前去。不消多少工夫，胡国柱提着血淋淋的人头，向地下一掷。三桂拾起一看，正是巡抚朱国治的首级，复恸哭道：“朱中丞！朱中丞！本藩并不要害你，九泉之下，休怨本藩！”分明叫国柱去杀朱抚，还说不要害他，哪个相信？复对众将士道：“你等无法无天，叫我如何办理？”众将士同声道：“请王爷做了主子，杀往北京便了。”满盘做作，都为这两句说话。三桂收泪道：“当真么？当真可做此事么？”众将士道：“王爷系明朝旧臣，复明灭清，乃堂堂正

正的事情，如何不可？”此语乃三桂所厌闻。三桂道：“北兵到来，奈何？”众将士道：“火来水淹，将来兵挡，有什么害怕？”三桂道：“你等陷我至此，肯为我尽力么？”大家统大呼道：“愿尽死力！”这一声，仿佛像雷声一般，震惊百里。三桂率兵回府，急命手下将哲博两钦差捉住，拘禁狱中，写了旗帜，竖起府前。旗上写的是“天下都招讨兵马大元帅吴”十一字。一面赶撰檄文，其文道：

本镇深叨明朝世爵，统镇山海关，一时李逆倡乱，聚众百万，横行天下，旋寇京师，痛哉毅皇烈后之崩摧，痛矣东宫定藩之颠跌。文武瓦解，六宫纷乱，宗庙邱墟，生灵涂炭，臣民侧目，莫敢谁何，普天之下，竟无仗义兴师。本镇独居关外，矢尽兵穷，泪血有干，心痛无声。不得已许虏藩封，暂借夷兵十万，身为前驱，斩将入关，李贼遁逃，誓必亲擒贼帅，斩首以谢先帝之灵，复不共戴天之仇。幸而渠魁授首，方欲择立嗣君，更承宗社，不意狡虏再逆天背盟，乘我内虚，雄踞燕京，窃我先朝神器，变我中国冠裳，方知拒虎进狼之非，追悔无及。将欲反戈北逐，适值先皇太子幼孩，故隐忍未敢轻举，避居穷壤，艰晦待时，盖三十年矣。彼夷君无道，奸邪高位，道义之士，悉处下僚，斗筲之辈，咸居显爵。君昏臣暗，彗星流陨，天怨于上，山岳崩裂，地怒于下。本镇仰观俯察，正当伐暴救民，顺天听人之日也。爰率文武共谋义举，卜甲寅正月元旦，推奉三太子，水陆兵并发，各宜懔遵诰诫！

上首署衔，就是大旗上面的十一字，只是檄文中有推奉三太子一语，他是凭空捏造，说是崇祯帝三太子，留在周皇亲家，当迎他为主，自已权称元帅以便号召。遂以甲寅年为周

元年，甲寅年乃康熙十三年。令军民蓄发易服，改张白帜，择日祭旗出兵。

三桂处置已毕，时已夜深，退入内寝，甫抵寝门，忽一妇人号啕前来，扯住三桂袍袖道："你要杀我儿子了。"三桂一看，乃是继室张氏。原来三桂元配，被李闯所杀，三桂即继配张氏为妻，应熊即张氏所出。后来重得陈圆圆，不甚宠爱继室。三桂嗔目道："死一儿子何妨，叫我不死便好。"君父尚且不管，管什么儿子？把袖一扯，摔倒张氏，张氏放声大哭。这时陈圆圆早到云南，正在内室，闻得门外吵闹，急移步出来，两面劝解，一面扶起张氏，劝慰一番，令侍女送回正寝，一面迎三桂入卧室，问明原委。三桂将当日情形，叙述一遍，圆圆俯首长叹。三桂问道："爱妃亦以此举为未然否？"圆圆道："妾自出世以来，起初遭家不造，鬻为歌伎，辗转流离，得侍王爷。每忆当年留住京师，为寇所掠，心中尚时常震恐，到了今日，安荣已极。妾闻知足不辱，知止不殆，长此奢华，恐遭天忌，愿王爷赐一净室，俾妾茹素修斋，得终天年，实为万幸！”三桂道：“我正思创立帝业，册你为后，你却欲净室修斋，令我不解。”圆圆道：“自古到今，都为了争帝争王，扰得人民不宁，实在是做了皇帝，一日万几，也是没甚趣味。妾少年时，自顾姿容，亦颇不陋，常有非分的妄想，目今身为王妃，安享荣华，反觉尘俗难耐。为王爷计，倒不如自卸兵权，偕隐林下，做个范大夫泛舟五湖，宁不快乐？何苦争城夺地，再费心力，再扰生灵？”陈圆圆颇已了解，可惜三桂不醒。三桂默然不答。圆圆复再三相劝，怎奈三桂已势成骑虎，不能再下，喟然道：“不能流芳百世，亦当遗臭万年。”为此一念，误尽人心。圆圆知无可挽回，便于次晨起来，向三桂前求一僻室静居。三桂此时心乱如麻，便即应允。当下圆圆即出游城外，见城北一带地方空敞，

枕水倚山，中间有一沐氏废园，甚为幽雅，便入园布置，令奴仆等就地整刷，作为净修的居室。一住数年，三桂也不去缠扰，别选美人，充了下陈。圆圆毕竟有福，到三桂将败时，一病身逝，三桂命葬在商山寺旁。绝代尤物，倒安安稳稳的与世长辞了。

这也不在话下，单说三桂既叛了清朝，号召远近，贵州巡抚曹申吉，提督李本深，云南提督张国柱，亦起兵相应。独云贵总督甘文焜，得了此信，仓猝出贵阳府，带了一子及十余从骑，兼程赶至镇远，调兵守城。偏这兵士不从号令，反把甘文焜围住。文焜先将儿子杀死，然后自刎。兵部郎中党务礼，户部员外郎萨穆哈，正在贵州办差，迎接三桂眷属至京，一闻警信，吓得魂不附体，忙坐上快马，疾忙加鞭，星夜趱行，一口气跑到北京，下了马，闯入午内。守门侍卫，拦阻不住。他二人直到殿下，大声报道：“不好了！不好了！吴三桂反！”说到反字，已神昏气厥，扑倒阶前。适值早朝未罢，殿上百官下阶俯视，回奏是党务礼、萨穆哈二人，康熙帝即命侍卫将二人抹入。二人尚是神昏颠倒，歇了半晌，方渐渐醒转，开眼一看，乃在殿上。这二人官微职卑，从没有上殿启奏的故例，到了此时，悚惶万状，急忙跪伏丹墀，口称：“奴才万死，奴才万死。”康熙帝传旨，叫他们据实奏来！二人把三桂造反，抚臣朱国治，督臣甘文焜被杀事，详奏一遍。复称：“奴才昼夜疾驰，一路到京，已十二日，只望奏渎天听，不意神魂不定，闯入殿前，自知谬戾，求皇上处重！”康熙帝道：“尔等闻警驰报，星夜前来，倒也忠实可嘉。只是欠镇定一点，以致如此。朕特赦尔罪，下次须谨饬方好！”两人忙谢恩趋出。

康熙帝问王大臣道：“这事应如何办理？”大学士索额图奏道：“奴才前日曾虑撤藩太速，致生急变，现在事已如此，只好安

抚三桂，令世守云南，当可了事。”康熙帝道：“三桂已反，难道尚肯听命么？”索额图道：“三桂若不肯听命，请将主张撤藩的人，从重治罪，这也是釜底抽薪的一法。”米思翰、明珠、莫洛三人，亦在殿上，听到治罪一语，不觉面如土色。既要谄媚，何必畏缩？康熙帝道：“胡说！徙藩是朕的本意，难道朕先自己治罪，谢这叛贼？”索额图连忙跪伏，自称不知忌讳，该死该死。康熙帝叱退索额图，立命兵部尚书明珠，在殿前恭录上谕，命都统巴尔布，率满洲精骑三千，由荆州驰守常德，都统珠满率兵三千，由武昌驰守岳州，都督尼雅翰、赫叶席布根、特穆占、修国瑶等，分驰西安、汉中、安庆、兖州、郧阳、汝宁、南昌诸要地，听候调遣。写到此处，外面又递到湖广总督蔡毓荣，加紧急报，也是奏闻云南变事。康熙帝旁顾顺承郡王勒尔锦道：“劳你一行，就封你为宁南靖寇大将军，统师前敌！”勒尔锦遵旨谢恩。又顾莫洛道："命你为经略大臣，督理陕西军务！"莫洛亦遵旨谢恩。康熙帝复命明珠，录写三桂罪状，削除官爵，宣布中外；并令锦衣卫拿逮额驸吴应熊下狱。明珠恭录圣旨毕，即奏道："闽、粤两藩，如何处置，应乞圣旨明示！"康熙帝道："暂令勿撤可好么？"明珠奉命续录，随即退朝。自是羽檄飞驰，劲旅四出，周太尉发兵泗上，乘传前来，裴节度进捣蔡州，轻车夜至，这一场有分教：

荡荡中原开杀运，隆隆方镇挫强权。

欲知战事如何，请诸君续看下回。

自古藩镇，鲜有不生变者。撤亦反，不撤亦反；与其迟撤而养祸益深，不若早撤而除患较易。清圣祖力主撤藩，正英断有为之主。

洎乎仓卒告警，举朝震动，圣祖独从容遣将，镇定如恒，且不允索额图之请，自损主威，圣祖诚可谓大过人者。或谓满汉相猜，由圣祖始，不知满人入关，汉人实为之伥，罪在汉人，不在满人。吴三桂为汉贼之魁，天道有知，断不令其长享安荣也。本回叙三桂狡诈，及圣祖英明，非颂圣祖，实病三桂，插入陈圆圆一段，尤足令三桂愧死。

# 第三回　驰伪檄四方响应　失勇将三桂回军

却说吴三桂既据了云贵，遂遣部将王屏藩攻四川，马宝等自贵州出湖南，陷了沅州。三桂闻湖南得胜，复令夏国相、张国柱等，引兵继进。湖南守将，已十多年不见兵革，弓马战阵，统已生疏，此番遇着吴军，个个望风奔窜。吴军直逼长沙，巡抚卢震，即调提督桑额入

援，谁知桑额早已逃去。卢震仓皇无措，也只得弃了长沙，奔往他方。清都统巴尔布、珠满等，奉命出师，行至途次，闻报吴军已得长沙，惊慌得了不得，遂扎住营寨，逗留不进。满员多是没用。于是常德、岳州、衡州、澧州一带，先后失陷，四川巡抚罗森，因王屏藩攻入境内，急就近向湖广乞救，寻闻湖南已经失守，清兵不敢前进，他暗想吴军势大，清兵不能救湖南，哪里能救四川？遂召提督郑蛟麟，总兵谭洪、吴之茂等商议。郑蛟麟已受三桂密札，方想动手，到了巡抚署内，遂怂恿降吴，罗森正中下怀，命通款吴军，联络王屏藩，背叛清朝。眼见得四川全省，又为三桂所有了。

耿精忠镇守福建，本与三桂通同一气，至是闻三桂已得湘、蜀，欲起兵遥应，是时福建总督范承谟，系三朝元老文程之子，与精忠谊关亲戚，精忠也管不得许多，把他拘禁起来；易了汉装，三路出兵，派总兵曾养性出东路，攻打浙江省内的温州、台州，白显忠出西路，攻打江西省内的广信、建昌、饶州，又令都统马九玉出中路，攻打浙江省内的金华、衢州。滇、闽、粤三藩中，已是两路构变，独尚可喜始终事清，毫无叛志。三桂通书招诱可喜，可喜将来使拘住，把来书呈奏清廷。三桂闻使人被拘，大怒，急密函致耿精忠，令攻击广东。精忠遂勾通潮州总兵刘进忠，差他进兵图粤，复约台湾郑经，夹攻粤海。中原大震，各地告急本章，像雪片般传达清廷。康熙帝复令贝勒尚善为安远靖寇大将军，出助顺承郡王勒尔锦，由鄂攻湘，贝勒洞鄂为定西大将军，出助经略大臣莫洛，由陕攻蜀，这两路是协攻吴三桂。又命安亲王岳乐为定远平寇大将军，出师江西，康亲王杰书为奉命大将军，贝子傅喇塔为宁海将军，出师浙江，这两路是攻耿精忠。另授简亲

王喇布为扬威大将军，镇守江南。这一路是策应四路。

诏旨甫下，忽报广西将军孙延龄戕杀巡抚，降顺三桂，康熙帝叹气道："不料孙延龄也是这般。"原来延龄系故定南王孔有德女婿，有德殉难广西，阖门死事，仅遗一女，名四贞，留养宫中，视郡主食俸，及长，嫁与延龄为妻。夫以妻贵，因命他镇守广西，管辖南藩，禄位与滇、闽、粤三王，相去无几。只是这位孔郡主，仗着自己势力，常要挟制延龄，延龄屡与她反目。三桂起事，密使相招，延龄想背了清朝，免受闺房压制，为了河东狮，甘从滇南狼，延龄殊不值得。因此降顺三桂。康熙帝还道是待他厚恩，无端背义，谁知他却是为厚恩所迫，生了异心。

闲文少表，单说康熙帝闻延龄附逆，急封尚可喜为亲王，授可喜子之孝为平南大将军，之信为讨寇将军，会同广西总督金光祖，进讨延龄。四面八方，派遣停当，满望旗开得胜，马到成功，不料湖南、四川、江西、浙江、广西诸省，还没有克复消息，陕西的警报，又纷达北京了。

先是清经略大臣莫洛入陕西境，提督王辅臣，总兵王怀忠，先去迎接。莫洛自以为身任经略，节制全省，要摆点威风出来，镇压军心，见了王辅臣、王杯忠两人，并不用好言抚慰，反责他观望迁延，不即赴敌。速死之兆。辅臣等怏怏退出。莫洛到了西安，西安将军瓦尔喀与莫洛同是满人，两下会叙，颇觉亲热。莫洛发议，欲把提督以下，尽易满员，还亏瓦尔喀谏阻，说是“用兵之际，难易生手”。因此辅臣、怀忠，官职如旧，但心中已未免怀恨了。

莫洛令瓦尔喀出师汉中，自己留守西安。瓦尔喀带了辅臣、怀忠，兼程前进，到汉中，尚无敌踪，遂一路进至保宁。忽有探马来

报，敌将王屏藩已出略阳，分扼栈道了。瓦尔喀大惊，与王辅臣等商议行止。辅臣道："略阳一断，水运阻塞，栈道一断，陆运阻绝。我军无饷可运，不战亦困，看来只好急退广元，向经略处催饷，免致意外疏虞。"瓦尔喀依了辅臣的计议，退至广元驻扎，遣人到西安催饷。西安饷道亦断，哪里还发得出？分明是辅臣狡谋。待了月余，毫无音响。军中你言我语，互相怨望。瓦尔喀令王怀忠出去劝谕，兵士反哗噪起来，都说没有粮饷，如何打仗？怀忠制服不住，只得回禀瓦尔喀。又令王辅臣出帐抚慰，辅臣甫出帐外，外面顿时大闹，喧声四起，吓得瓦尔喀惊魂不定，身子都发抖起来。幸王怀忠犹有良心，一手扯住瓦尔喀，从帐后逃走。还是保全官职的好处。外面的兵士，随辅臣入帐，见瓦尔喀不知去向，也不喧哗了。显见是辅臣授意。

辅臣向兵士道："将军已逃，将来劾奏

一本，我等都要受罪，奈何？”兵士道：“闻得平西王优礼将士，到处传檄，现在不如前去通款，免得受死。”辅臣道：“汝等既有此心，我可为汝等成全。吾初意欲事一而终，今事已至此，只得与汝等共生死了。”道言未绝，帐外递进驿报，乃是莫经略出发西安，将到宁羌州。辅臣道：“莫洛前来，如何是好？”兵士道：“大家上前抵御，杀死这混账经略，便可了事。”辅臣道：“既如此，快随我前行。”兵士都踊跃愿从，星夜赶到宁羌，分头埋伏；又在大路中立了虚营，竖着大清旗帜，专等莫洛到来。

莫洛因清廷屡次催战，又遣贝子洞鄂来陕，他想洞鄂一到，我若仍在西安，显是逗遛不进，没奈何带兵出城，一步懒一步，一日缓一日。辅臣等得不耐烦，着人催逼，只说是：“保宁兵变，急求援应。”莫洛方催兵趱程。这日正到宁羌，已近日暮，宁羌四面皆山，径

路崎岖，树木丛杂。莫洛上冈瞭望，见山下有清营驻扎，料是辅臣遣来接应，忙令部队向前接进。猛听得一声号炮，伏兵四起，箭弹齐发，统向莫洛军中射来。莫洛茫无头绪，只是率兵前进。不向后退，偏望前进，想是责人观望，所以如此。他想过了此地，便好与辅臣合军，就使伤折几个人马，也没甚要紧。原来为此。行出山口，巧遇辅臣前来，莫洛大喜，不防一弹射中咽喉，翻身落马。死得爽快。辅臣杀了莫洛，便大叫道："降者免死！"莫洛部兵，见无路可逃，只得投降。

贝子洞鄂，方到西安，适瓦尔喀逃回，已知保宁兵变；旋又闻莫洛被戕，哪里还敢出来？都是一班饭桶。忙饬八百里加紧驿报，飞递入京。

辅臣即与王屏藩会合，乘势攻陷各郡。三桂闻陕南得手，发银二十万，犒赏辅臣部下，命与王屏藩分扰秦陇，自率大兵出发云南，赴常澧督战。临行时，其妻张氏复要向三桂索还儿子，三桂乃放出哲、博二钦使，浼他回京复奏，愿与清廷议和，清廷如肯裂土分封，不杀应熊，当即罢兵。哲、博二使唯唯连声，回京去讫。算是明哲保身。三桂又通使西藏，请达赖喇嘛代为奏陈，大约不外息事罢兵数语。康熙帝连接警报，也焦灼万分；又因哲、博二使复奏，及达赖喇嘛疏陈，越加忐忑不定，复开军士会议。

此时明珠已升任协办大学士，上前奏道："三桂不除，朝廷断没有安枕日子，乞皇上始终用兵，勿为摇动。"康熙帝道："朕意亦是如此，可惜各路将士，都不肯用力。"明珠道："各路将士，受了国恩，亦未必个个无良；但将士固应效劳，军械亦贵精利，奴才闻得西洋人南怀仁，善造火炮，比我国红衣大炮厉害得多，并且非常轻便，可以越山渡水。若令他多制此炮，运到军

前，不怕三桂不败。”康熙帝道：“南怀仁么？是否现任钦天监副官？”明珠应了声是。康熙帝忙谕兵部传旨，户部发银，叫南怀仁招募西人，赶紧制炮。明珠又奏道：“三桂子应熊，现已监禁，应即处死，俾各路将帅，晓得天威震赫，不敢观望。就是西藏达赖，亦应严旨申斥方好。”康熙帝便命将吴应熊处绞，及应熊子世霖，亦俱绞死。一面传旨严斥达赖，复向明珠道：“陕西兵变，辅臣附逆，莫洛闻已被戕，恐怕洞鄂亦靠不住。”明珠道：“辅臣子继贞，前曾举发逆札，驰奏来朝，怎么今朝甘心附逆？”康熙帝道：“莫非与莫洛有隙么？”明珠道：“继贞尚在京中，请召他一问便知。”康熙帝即令侍卫召入继贞，继贞只道是为父受罪，跪在阶下，身子乱抖。驸马且要处绞，怪不得继贞发抖。康熙帝见他觳觫情形，反怜恤起来，随问道：“你父与莫洛，是否有隙？”

继贞战声道："是。"康熙帝道："你父果与莫洛有隙，朕意还可恕他。"继贞仍答称："是是。"康熙帝又道："朕命你持敕招抚，叫你父速即归诚。"继贞不说别话，只接连说了好几个"是"字。多说"是"，少说话，是清吏秘诀。明珠向继贞道："何不谢恩？"继贞被明珠提醒，方磕头道："谢万万岁隆恩！"康熙帝命他急速动身，继贞还是俯伏谢恩。外面呈进驿奏，乃是甘肃提督张勇，奏称："斩了伪使，附缴伪札。"康熙帝即命张勇为靖逆将军，便宜行事，交来使领诏回去。康熙帝退朝，王大臣散班，只有王继贞在阶下，还像犬儿一般的伏着；确是犬儿。幸得太监通知，方起身趋出，向内阁领了诏敕，匆匆奔回。脚膝倒还不痛吗？

且说三桂既到湖南，夏国相等连请渡江北犯，三桂不从，他只望清廷允他要求，划江为国；嗣闻其子应熊被戮，勃然大愤，遂留兵

七万，守住岳澧诸水口，又分兵七万，守住长沙及湘、赣交界，亲率精骑赴湖北松滋县，遥应西北，拟从陕西绕攻京畿。是时王辅臣已由陕入陇，攻陷平凉、巩昌、秦州一带，烽火四彻。甘肃提督张勇，偕总兵王进宝，急至巩昌阻遏敌军，两边相持不下，忽闻宁夏提督陈福，为标兵所戕，急向清廷告急。清廷遣天津总兵赵良栋，驰赴宁夏，并命大学士都统图海为抚远大将军，任西征事，节制洞鄂以下诸军。图海颇谙兵略，为满大臣中翘楚。因闻王辅臣占据平凉，当即向平凉进发，一面约张勇夹攻。到了平凉，张勇亦率王进宝来会，图海道："王辅臣在平凉，王屏藩在汉中，两人隐为犄角，我军围攻平凉，王屏藩必来相救，现请两将军轻骑入陕，截住屏藩，此处待老夫督兵围攻，不患不胜。"张勇、王进宝奉命去讫。

图海扎住了营，自去相度形势，回帐召

集部将，各授密计。是夜严装以待，到了二更时候，闻城内隐隐有号炮声，随率部将出营。不多时，王辅臣开城潜出，率兵到清营前，一声喊杀，突入清寨，不料寨中毫无人影，只有灯光数点，辅臣知是中计，急率军退出，见寨外已布满清兵，好像天罗地网一般。辅臣一马当先，提起大刀，左斫右劈，把清兵冲开两边，剩出一条血路，率军逃走。奔至城下，见有一军前来接应，辅臣一看，乃是虎山墩守兵，忙道："谁叫汝等前来？"守兵答道："适有一卒来报，据言主帅劫营被困，所以特来援应。"辅臣顿足道："吾中图海诡计，看来此城难保了。"部将问明情由，辅臣道："此城保障，全在虎山墩，我故用精兵扼守，不料清兵冒充我卒，调兵离山，他却不费气力，占住此墩，居高望下，城内虚实，都被瞧见，如何能守？"图海密计，从辅臣口中叙出。部将道："某等前去夺回便好。"辅臣道："他

用心占住此墩，还肯被我夺回么？”部将执意要去，辅臣乃派兵五千，前去夺墩，自率兵入城防守。不到数时，果然五千兵只剩一半，踉跄逃回。辅臣忙差人去汉中乞援，数日不见回音，复派兵出城冲突数次，都被清兵杀退。图海分兵断敌饷道，城中益加惶恐。又闻炮声隆隆，溜弹飞入城中，守兵多被打伤。辅臣恐兵心溃变，没奈何上城弹压，昼夜不懈。

这日正在巡城，见城下来一清将，叫开城门，辅臣开城延入，通问姓名，乃是参议道周昌，奉抚远大将军命，前来招抚。辅臣踌躇未决，周昌道：“将军困守孤城，身处绝地，此时不亟图反正，尚待何时？况圣恩高厚，前曾遣令郎特敕抚慰，格外体恤，将军当早接洽。趁此自返，朝廷决不加罪，将军仍可完名，岂不甚善？”辅臣道：“犬子继贞，曾持敕到来，某亦尝具疏谢罪，但至今未蒙赦诏，恐怕一旦归降，仍遭不测。”

继贞持敕事，即从两人口中补叙。周昌道：“将军如虑及此事，尽可放心。现在抚远大将军，因前日一战，将军能杀出重围，格外爱重，曾嘱某致意将军，倘虑天威不测，愿力为担保，誓不相负。”周昌也算能言。辅臣道：“既如此，请阁下先回！某当遣部将前来订约。”

周昌随出城回营，禀报图海。图海道：“现已接得固原捷报，张勇等将王屏藩击退，辅臣内乏粮草，外无救兵，不怕他不降。”到了次日，果然来了谢天恩，由辅臣遣至乞降。图海召入天恩，呈上辅臣书，内称如蒙保全，即愿投诚。图海当即批回。辅臣即开城迎入清兵。图海入城，表闻清廷，并请特颁赦诏，康熙帝自然应允，这也不在话下。

时三桂已到松滋，方遣降将杨来嘉等进略陨阳，命与王辅臣、王屏藩联络进兵。忽传到王屏藩败报，接连又闻平凉失守，辅臣降清，三桂面色骤变。正惊疑间，有一将匆

匆奔入，递上急报，三桂连忙拆阅，乃是留守长沙夏国相乞援，即问道：“常澧并没有警信，如何长沙告起急来？”我亦要疑。来将道：“现因江西军大至，运到西洋大炮数十尊，我军不能抵挡，所以前来告急。”三桂道：“江西的耿军，已被清兵杀退么？”来将道：“耿军没有什么确实消息，大约总是败仗。现闻江西的清兵，乃是什么安亲王岳乐统带，来攻湖南的。”三桂道：“军情如此，看来只好回援湖南，再作计较。”于是拔营回湘，先令胡国柱、马宝火急前进，去守长沙，自率水师顺流而下。途次，闻勒尔锦出虎渡口，尚善入洞庭湖，江湖险要，多被清兵占去，不觉大惊；忙令母子扬帆飞驶，到了虎渡口，见岸上已无清兵，略略放心；转入洞庭湖，亦没有什么尚善，越加宽慰。原来勒尔锦、尚善等，闻三桂回军援湘，早已遁去，因此三桂由江入湖，毫无阻挡。到了长沙，马宝已扎营城外，四围浚掘重濠，布满铁蒺藜。三桂见守法严密，大加奖励。入城见胡国柱，方知夏国相往醴陵御敌，遂命部将高大节，带领精骑四千，往助夏国相，高大节骁勇善战，乃是三桂部下最得用的大将，此番出赴醴陵，又有一番恶战。正是：

彼思逐鹿，此愿从龙。

不有天甲，谁戢元凶。

未知高大节能得胜否，请向下回再阅。

本回以吴三桂为主脑，耿精忠、孙延龄、王辅臣等，皆旁枝也。然叙辅臣事独详，盖三桂既得湖南，非不欲涉江北上，只因清兵云集荆襄，不得已按兵常澧，待衅而动。王辅臣兵变之日，正有衅可乘之时，若使通道秦晋，潜袭燕京，则荆襄重兵，几成虚设，勒尔

锦、尚善辈，又皆庸懦无能，未必能返旆回援。是知辅臣之叛降，实三桂成败之关键。叙辅臣，即所以叙三桂也。阅本回，方见详略之间，自费斟酌。

# 第四回　两亲王因败为功　诸藩镇束手听命

却说高大节到了醴陵，来助夏国相，相见毕，国相道："前时我军已入江西，夺了萍乡县，方思与耿军会合，直攻南昌，不料清安亲王岳乐，杀败耿军，把广信、建昌、饶州等处，都占了去，他又从袁州来攻长沙。我领军至江西阻御，因他有西洋大炮数十尊，很为

厉害，所以敌他不过，退回醴陵。”高大节道：“岳乐前来，江西必然空虚，末将不才，愿带本部兵四千，绕出岳乐背后，公击其前，我掩其后，必获全胜。”夏国相道：“此计甚妙！但将军只有四千部兵，恐怕不够，须就我处拨添兵马方好。”大节道：“兵在精不在多，从前岳飞只有嵬兵五百，能破金人数万。况部下的兵，已有四千，哪里还不够用？”的是将才。国相大喜，即令大节去讫。

且说清安亲王岳乐，奉命南征，到了建昌，适值闽藩总兵白显忠，攻陷城池，岳乐督攻不下。嗣从北京运到西洋大炮，接连轰城，显忠大恐，弃城遁去，岳乐乘胜克复广信、饶州。会清廷命他进攻湖南，遂从袁州进发，遇着夏国相前锋，一阵炮弹，把他击退，乃在袁州休息三日，进攻湖南，一面咨请简亲王喇布，移镇江兵至南昌，在后策应，也算精细。自是放心大胆，督兵前进。将至醴陵，忽闻流星马来报，敌将高大节已率兵数万，从间道去攻袁州了。岳乐惊道："袁州是吾后路，若被占领，大有不便，这却如何是好？"部将伊坦布道："看来只好催简王爷进守袁州，我军方可前进。若不如此，恐要腹背受敌哩。"岳乐依议，扎住营寨，差人飞咨简亲王。不防前面又有探子前来，报称夏国相从醴陵来了。岳乐急传令回军，霎时大营齐拔，卷旆还辕，约行百余里，天色已晚，见前面有一大山，岳乐便命倚山扎营，待明日再行。这时候军心已懈，巴不得扎营留宿，部署已毕，埋锅造饭，饱餐一顿，正欲就寝，突闻山下炮声响亮，全营大惊。岳乐急命侦骑探望，回报这山名螺子山，山形如螺，树木蓊翳，也不知敌兵多少，只是偏插伪周旗号，岳乐道："山势既如此峭峻，我军不宜上山，速发大炮向山轰击。"营兵得令，就扛着西洋大炮出营。岳乐亲自督放，对着山上，扑通扑通地放着无数弹子。等到烟雾

飞散，遥望过去，大周旗帜，仍然如旧。岳乐再命放炮，又是扑通扑通的一阵，山上旗帜，虽打倒了数十面，还有多半竖在那里。岳乐道："不好了，我中了敌计了。"伊坦布惊问缘由，岳乐道："这分明是疑兵，你听山下并没影响，反使我军失却无数弹子。"晓得迟了，炮弹已放完了。便止住兵士放炮，命将大炮抬还营内。甫入营，忽山上鼓声乱鸣，矢石齐发。岳乐复出营观望，见山上有一队敌兵驰下，当先一骑，大叫道："岳乐休走！"此时岳乐魂胆飞扬，急上马逃走。营兵见统帅已逃，还有哪个敢去截阵，自然没命地乱跑了。一阵乱窜，自相践踏，竟死了无数人马，连伊坦布也不知下落，西洋大炮，更不必说。

岳乐既逃过了螺子山，天已黎明，惊魂渐定，遂收拾残兵，奔回袁州，满望简亲王喇布，在袁州接应，不料袁州城上，已插了大周旗帜。周帜又见，能不惊心。岳乐正在惊疑，又听城东北角有一片喊杀声音，岳乐忙登高遥望，正是周兵追杀清兵。岳乐捏了一把汗，暗想：“此时不上前救应，我军亦没有站足地了。”遂下山部勒队伍，绕城驰救。周兵见后面有清军杀到，只得回马来敌岳乐。岳乐驱兵掩杀，怎奈周兵队里的大将，一支枪神出鬼没，竟把清兵刺倒无数。岳乐知不能取胜，领兵杀出，望东北而去。那将也不追赶，收兵入袁州城。原来那将正是高大节，他从间道绕出袁州，把袁州城夺下，当下遣了百骑，埋伏螺子山，作为疑兵。他料岳乐回军，必从此山经过，见了旗帜，定要放炮，炮弹已尽，那时回到袁州，可以截击。适值清简亲王喇布，来应岳乐，到了大觉寺，大节即出兵对仗，杀得喇布大败而逃。总算岳乐去挡了一阵，大节方才退回。只是大节部兵，仅有四千，为什么探马报称，恰有数万？这叫作兵不厌诈，大节欲恐吓清军，所以有此诈语。

语休叙烦，这一句是说部常套，实则上文数语，乃是要言，若非如此表明，阅者都要不明不白。且说岳乐迤逦奔回，喇布等还道是敌军追赶，后来见了清帜，方把部兵扎住，与岳乐相会。两下细叙，岳乐始知高大节厉害，叹道："此人若在江西，非朝廷福。"言未毕，探报吉安亦已失守。岳乐与喇布道："看来我等只好暂回南昌，再图进取。"喇布已经丧胆，自然依了岳乐，同到南昌去了。

那边高大节既得了全胜，复分兵占据吉安，飞遣人至醴陵、长沙告捷。此时吴三桂已移师衡州，只留胡国柱居守。国柱得了捷报，也自欢喜。不意国柱部下，有副将韩大任素与大节不睦，入见国柱道："大节确是勇将，但恐不能保全始终。"国柱道："你何以见得？"大任道："平凉的王辅臣，非一员勇将么？援此进谗，不怕国柱不信。为什么转降清朝？"国柱道："他前时本是清臣，所以仍旧降清。”大任道：“清臣且不怕再降，何况大节？前闻大节在王爷下，常自谓智勇无敌，才力出王爷上，若使清廷遣人招致，封他高爵，哪有不变心之理，”谗人之口，偏是格外中听。国柱道：“据你说来，如何而可？”大任献了调回的计策，国柱道：“调回大节，何人去代？”大任又做了自荐的毛遂，国柱遂令大任去代大节，大节不服，大任也不与争论，遣人飞报国柱，说他拥兵抗命。四字足矣。国柱大怒，飞檄召回，大节无奈，把军事交与大任，出城叹道：“周家气运，看来要断送在他们手中了。”随即怏怏而回。既到长沙，又被国柱痛斥一番。大节愤无可泄，遂致得疾。临危时，函报夏国相，请他注意袁州，末署“大节绝笔”四字。也是伤心，可惜事非其主。

国相接读来函，大为叹息，急向长沙添兵，拟再进江西略地。忽接江西警信，袁州已失，韩大任退守吉安，不禁顿足道：“大节若

在，何至于此？”正欲发兵赴援，适长沙遣马宝、王绪带兵九千来到，国相遂命两人去救吉安。两人行了数日，已抵洋溪下游，隔溪便是吉安城，遥见城下统扎清营，布得层层密密，城上虽有守兵，恰不十分严整。马宝向王绪道：“我看清兵很多，城中应危急万分，为什么城上守兵，不甚起劲？”王绪道：“我们且先开炮，遥报城中。若城中有炮相应，我军方可渡河。”马宝点了点头，便命兵士开炮，接连数响，城中恰寂然无声。马宝道：“这正奇怪！莫非韩大任已降清兵么？”王绪道：“大任害死大节，刁狡可知，难保今日不投降清兵？”马宝道：“他若已经降清，我等不宜深入，还须想个善全的法子。”言未毕，见清营已动，忙道：“不好了！清兵要过河来了。”忙令后军作了前军，前军作了后军。马宝与王绪亲自断后，徐徐引退。行未数里，后面喊声大起，清兵已经追到。马宝令军士各挟强弩，等到清兵相近，一声号令，箭如雨发，清兵只得站住。马宝能军。马宝复退数里，清兵又追将过来，马宝仍用老法子射住清兵。此法用了数回，清兵仍依依不舍，马宝恼了性子，大喝一声，领兵回马厮杀。这边清兵，系简亲王喇布统带，喇布本是个没用人物，因见敌军退走，想趁此占些便宜，立点功劳，不防马宝回身酣斗，眼见得敌他不过，即拍马驰回，军士都跟了退去，反被马宝杀了一阵，夺了许多甲仗，从容归去。

喇布仍退到吉安城下，也不敢急攻。城内的韩大任，并未曾投降清兵，只因隔河鸣炮，还疑是清兵诱他出来，所以寂然不动，嗣闻清兵追击马宝，已自懊悔不及，遂于昏夜间开城逃去。喇布还道大任出来劫营，只令部兵守住营寨，由他渡河去讫。康熙帝用了这等庸将，反能逐去敌军，一来是康熙帝洪福齐天，二来是吴三桂恶贯满盈，天道不容，所以转败

为胜。

江西略定，浙江亦迭报胜仗，康亲王杰书等，起初到了浙江，亦没有什么得利，幸亏总督李之芳，扼守浙西，连败曾养性、马九玉等军，敌势少衰。无如马九玉固守衢州，之芳累攻不下，曾养性固守温州，杰书等亦围攻无效，清廷屡次诘责，杰书焦急异常，还亏贝子傅喇塔，请移师衢州，与之芳并力合攻，免得兵分力弱。杰书依议，便舍了温州，连夜赶到衢州，与之芳合军攻打。时马九玉拥兵数万，占住衢河南岸的九龙山，保护城池，又分兵万人屯扎大溪滩，保护饷道。傅喇塔复献了截击敌饷的计策，带了精骑，冲破大溪滩敌营。九玉闻饷道被截，急下山来救，巧遇杰书、李之芳两军，渡河过来，九玉欲乘流邀击，偏这清兵连放西洋大炮，伤了九玉兵数百，九玉立足不住，引兵退还。杰书、之芳渡河追杀，九玉急收兵回营，可奈山下密布木桩，前时想阻住清兵，到此反把自己阻住，须要鱼贯而入，不能骤进。清兵又接连放炮，可怜九玉部下的兵，不是折脰，便是断臂。之芳复令兵士纵火，烈烈腾腾的烧将起来，大小木桩，一概燃着，顿时飞焰扑叠，焚去营帐无算。九龙山变作火焰山。九玉见势不支，忙领了步骑数百，从山后逃下。冤冤相凑，碰着傅喇塔回军接应，数百残兵，不值喇塔一扫，九玉没命地乱跑，走了数里，见喇塔不来追赶，方才停住。检点手下，只剩了三十骑，长叹一声，逃回福建去了。

杰书等立拔衢州，令李之芳回军攻击曾养性，自偕傅喇塔南下，转西攻仙霞关。这时候的耿精忠，方联络郑经，去攻广东，陷潮州、惠州二郡，平南亲王尚可喜，急命其子之孝，趋惠州拦截耿军，不料广西提督马雄，与孙延龄通同一气，来攻高、雷二州，总兵祖泽

清，又望风迎降。可喜东西受敌，一面向江西乞援，一面促其子之信拒敌。之信本不服父训，至是已隐受三桂伪札，运动部兵，把可喜幽禁起来，可喜忠清不忠明，故受逆子之信之报应。也自易帜改服，叛了清朝。可喜气愤已极，呕血身亡。

之信越加猖獗，江西将军舒恕，及都统莽依图，率兵援广州，反被之信用炮击退。总督金光祖及巡抚佟养巨，亦与之信相连，通款三桂。三桂封之信辅德亲王，命他助款充饷，又遣董重民来代金光祖，冯苏来代佟养巨。这信传到之信耳中，暗想三桂索饷遣款，分明是来箝制，忙与金光祖商议，仍旧背周降清。等了董重民等到粤，把他拘住，率军民薙发反正，西出兵拒马雄，东出兵拒耿精忠。

精忠方拟对敌，闻报清兵已破马九玉，攻入仙霞关，急回军福建，途次，又闻曾养性、白显忠二将，统已降清，不觉魂飞天外。

原来李之芳回军浙东，适遇白显忠自江西败回，声言将由浙趋闽，断绝康亲王后路，之芳颇觉惊恐。随营委员陆孔昭入帐禀道："某与白显忠二裨将，素来相识，请前去说降，教他擒献白显忠。"之芳大喜，立命前去。隔了数日，果然把白显忠擒来。之芳召入，当由陆孔昭引二将进来，代为绍介。一姓范名时荣，一姓王名镐，之芳奖慰一番，随后将白显忠推入。之芳下座，亲解其缚，劝他悔过投诚，显忠便即依允。之芳与显忠同到温州，又命显忠入城劝降。曾养性势孤力蹙，哪有不愿降之理。看官！你想耿精忠三路出兵，至此尽归乌有，能不进退维谷吗？赶到福州，又闻清兵将到，精忠忙檄令各处总兵严守。檄差回报，建宁、延平等郡，已投降清军，漳州、泉州、汀州等郡，已献降郑经，精忠经此一吓，晕绝于地。左右用姜汤灌醒，下泪道："这遭休了！"

坐定后，见府外递进文书，精忠拆阅，乃清康亲王前来劝降。精忠一想，欲要不降，如何抵敌清军？欲要降清，总督范承谟尚在，定要陈他逆迹，将来仍难保全。左思右想，毫无计策，忽想了一条两头烧通之计。一面遣他儿子显祚，赴延平去接清兵，并献出伪总统印，一面将范承谟绞死，省得将逆迹表扬。到了此时，还要杀害范承谟，煞是凶狡过人，然亦是速死之道。康亲王杰书，遂进据福州，耿精忠率文武百官属出城迎降，愿随大兵立功赎罪。杰书当将实迹奏闻，同时尚之信亦遣人赴江西，到清简亲王喇布军前乞降，喇布亦据实上奏。康熙帝因三桂未除，不便声罪，仍留耿尚爵位，命他立功抵罪。

于是浙江、福建、广东三省，次第略定，只广西尚在未靖，孙延龄降周叛清时，受临江王封爵，曾瞒住郡主孔四贞。后来被四贞闻知，劝他反正，他却不从。适故庆阳知府傅宏烈，旧被三桂攻讦，谪戍苍梧，此时独招集民夫，力图恢复。莽依图复出师广东，去会宏烈，延龄闻了此信，未免悔恨，又因闽、粤二藩，统已降清，越加着急。踌躇再四，只有请教娘子军一法，当下入见四贞，四贞却满脸怒容，不去理睬。延龄挨至四贞面前，轻轻地叫了几声郡主。四贞道："你叫我什么？"延龄道："我从前不听你言，弄错主意，目下危急万分，求郡主怜念夫妇恩情，为我解围。"四贞含嗔道："像你的负恩忘义，还念什么夫妻？我从前再三相劝，叫你不要叛清，你不但一句不听，反从此不入我室，离开了我，去做什么王爷。好好！你去做王爷去！我是没福的人，不要再来惹我！"说毕，将身子扭转一边。惟妙惟肖。延龄到了此时，也顾不得什么气节，只得向郡主脚边，跪了下去，做一出梳妆跪池。一面扯着郡主衣衫，千姊姊万姊姊的哀告。从来妇女的性情，容易发恼，亦容易

转软，又况延龄丰姿俊美，与四贞本是一对璧人，两美并头，卿卿我我，只因意见微异，渐致乖离，此次经延龄一番温柔，自然回过心来，便道：“你悔已迟了，叫我如何解围？”延龄道：“我已仍愿降清，但恐皇上罪我，求郡主入京去见太后，暗中转圜，免我受罪，我死亦感激你了。”无端说一死字，亦是谶语。四贞闻延龄说一死字，顿时泪下，毕竟还是夫妇。便道：“你是好好儿活着，为什么自己咒死，你既然要我赴京，事不宜迟，我就明日动身。”延龄喜极，忙与郡主料理行装。是夕，就在郡主前极力报效一宵，只此一宵欢聚，嗣后无相见期了。次日，即送孔郡主北上。

事有凑巧，傅宏烈亦致书相劝，邀他共迓清军。延龄答书：“请宏烈先至广东，导达悔意，此外一律遵命。”这等事情，传达湖南，三桂急调胡国柱、马宝二将，速出广东，复嘱从孙吴世琮密计，驰赴广西。世琮倍道前进，径至桂林，仍用给临江王文书，教他前来领饷。就是密计。延龄正缺饷项，还道三桂未悉彼情，乐得取些饷银，聊救眉急，当即开城出迎。世琮诱他入营，暗中却已布满伏兵，等到延龄入帐，世琮方数他背叛的罪状。延龄即欲退出，被伏兵一阵乱剁，砍为肉泥。我为孔四贞一哭。世琮入据桂林，复进占平乐。

时清将莽依图，正由广东赴广西，闻胡国柱、马宝奉三桂命，来夺广东，亟回军赴援，适遇于韶州城下，与战不利，退入韶州固守。胡国柱等极力攻扑，莽依图巡视城北，见城堞未坚，令部卒筑起一层土墙，两重守护。果然胡国柱兵，登高发炮，把城堞毁去，惟土墙无恙，城得不陷。莽依图正在焦灼，突闻城东鼓角喧天，回头一望，遥见清兵如飞而至，前面的大纛，绣着“江宁将军”四大字。莽依图趁这机缘，领兵杀出，内外互应，将胡国柱等杀退，追斩无算，遂接江宁兵入城。江宁将

军，叫作额楚，奉廷命来援广东，巧与莽依图合军，并力杀退胡、马二人，遂留额楚守韶州，莽依图赴广西去讫。

胡国柱、马宝两人，奔回湖南，三桂大惊，又闻清廷命将军穆占，来助岳乐，连拔永兴、茶陵、攸县、酃县、安仁、兴宁、郴州、宜章、临武、蓝山、嘉禾、桂东、桂阳十三城，益自震恐。他却在恐惧的时候，发生一个痴念，竟想做起皇帝来了。不做皇帝死不休。小子又发了诗兴，凑成七绝一首，咏吴三桂道：

> 燕北甘招强虏入，滇南又执故皇还。
> 君亲陷尽思为帝，可惜皤皤两须斑。

这时候，三桂已六十七岁了。他想势力日蹙，年纪又衰，得做了一番皇帝，就使不能传世，也算英雄收场。遂令军士在衡山筑坛，居然郊天即位，小子暂停一回笔，俟下回再行细表。

陕西入清，三桂已失攻势，至江西复为清有，断湖南之右臂，三桂且不能守湖南，遑言攻耶？闽、粤二藩，更不足论。延龄辈尤出闽、粤下，小胜即喜，小挫即惧，安能为三桂臂助？三桂既失陕西、闽、粤诸奥援，其领地自云、贵以外，只存四川、湖南，及广西之一部，反欲南面称帝，岂以一称帝号，遂足笼络人心，令诸将乐为之用乎？皇帝皇帝！误尽天下英雄，害尽世间百姓，吾愿自今以后，永远不复闻此二字。本回叙江西事，是记三桂之失势，叙闽、粤及广西事，是记三桂之失援，末以称帝作总写，尽三桂一生魔障，炎炎者灭，隆隆者绝，世人可以醒矣。

# 第五回 僭帝号遘疾伏冥诛 集军威破城歼叛孽

却说吴三桂起事以来，已历五年，康熙十三年创建国号，假称迎立明裔，其实称周不称明，早已存了帝制自为的思想。所以争战五年，并没见有什么三太子。到了康熙十七年，竟在衡州筑坛，祭告天地，自称皇帝，改元昭武，称衡州为定天府，置百官，封诸将，造新历，举云贵川湖乡试，号召远近。殿瓦不及易黄，就用黄漆涂染，搭起芦舍数百间，作了朝房。这日正遇三月朔，本是艳阳天气，淑景宜人，不料狂风骤起，怒雨疾奔，把朝房吹倒一半，瓦上的黄漆，亦被大雨淋坏，莫谓天道无知。三桂未免懊恼，只得潦草成礼，算已做了大周皇帝。黄袍已经穿过，可谓心满意足。当下调夏国相回衡州，命他为相，令胡国柱、马宝为元帅，出御清兵。

是时清安亲王岳乐，由江西入湖南，前锋统领硕岱，已攻克永兴。永兴县系衡州门户，距衡州只百余里，胡国柱、马宝等，奋勇杀来，清兵出城抵敌。两下混战一场，清兵不能取胜，仍退入城中。歇了数日，清兵又出城掩击，复被胡国柱等杀回。接连数战，总是周军得胜。原来清前锋统领硕岱，也是满族中一员骁将，只因永兴是周军必争的地方，永兴一失，衡州亦保不住，所以胡国柱等冒死力争，

硕岱虽勇，总不能敌，只得入城固守，静待援兵。岳乐闻周军猛攻永兴，即遣都统伊里布，副都统哈克山，前来援应，就在城外扎营，作为犄角。不防马宝分军来攻，个个是踊跃争先，上前拼命，伊里布哈克山，本没有什么勇力，遇了周军，好像泰山压顶一般，连逃走都来不及。一阵厮杀，两人都战殁阵中。硕岱出城接应，又被胡国柱截住，没奈何退入城内。将军穆占，自郴州发兵来援，因闻伊里布等战殁，不敢前进，只远远地立住营寨。胡国柱三面环攻，止留出城东一角，因有河相阻，不便合围。还亏硕岱振刷精神，昼夜督守，城坏即补，且筑且战。胡国柱又与马宝分军，马宝截住援兵，不能并力攻城，清营虽是远立，倒也还算有力。因此城尚不陷。

康熙帝恐师老日久，屡欲亲征，议政王大臣纷纷谏阻，有的说是："京师重地，不宜远离。"有的说是："贼势日蹙，无劳远出。”于是令诸将专力湖南，暂罢亲征的计策。惟这三桂因即位的时候，冒了一点风寒，时常发寒发热，由夏及秋，没有爽适的日子。好汉只怕病来磨，又况三桂年近古稀，生了几个月的病，如何支持得起？到了八月初旬，痰喘交作，咯血频频，有时神昏颠倒，谵语终宵。夏国相领了文武各员，日日进内请安。

这日，国相又复入内，到卧榻前，见三桂双目紧闭，只是一片呻吟声。国相向诸将道：“永兴未下，军事紧急，皇上反病势日重，如何是好？”诸将尚未回答，忽见三桂睁开双目，瞪视国相多时，失声道：“阿哟！不好了！永历皇帝到了！”寻复闭目惨呼，大叫“皇上饶命！皇上饶命！”国相等闻此惨声，都吓得毛发森竖，只得到三桂耳边，轻轻叫道：“陛下醒来！”连叫数声，三桂方有些醒悟，又开眼四顾，见了夏国相等人，忍不住流泪道：“卿等都系患难至交，朕还没有什么酬

劳，偏这……”说到“这”字，触动中气，喘作一团。国相道：“陛下福寿正长，不致有什么不测，还请善保龙体为是。”三桂把头略点一点。国相复请太医入内，诊了一回脉，退与国相耳语道：“皇上脉象欠佳，看来只有一日可过了。”国相把眉一皱，也不言语。三桂气喘略平，又向国相道：“朕非不欲生，但这冤鬼都集眼前，恐要与卿等长别，未识目前军事如何？”国相道：“永兴已屡报胜仗，谅不日可以攻下，请陛下宽心！”三桂道：“陕西、广西，有警信否？”国相等答道：“没有。”三桂道：“卿等且退！容朕细思，到晚间再商。”国相等奉命退出，将到二更，复一同入宫，但觉宫门里面，阴风惨惨，鬼气森森，作者素乏迷信，因三桂作恶多端，理应有此果报。国相等助桀为虐，贼胆心虚，当亦因虚生幻，因幻成真。甫入宫门，见众侍妾团聚一旁，不住地发颤。猛闻三桂作哀鸣状，一声是“皇上恕罪！”一声是“父亲救我！”大书君父。又模模糊糊地说了数语，仿佛是不忠不孝不仁不义八字。就三桂口中自述，笔愈透辟。国相等听了半晌，心头都突突乱跳。大家站了一回，三桂似又清醒起来，咳嗽了好几声，侍儿撩起床帐，捧过痰盂，接了三桂好几口血。三桂见帐外有许多官员，命侍儿悬起半帐，国相等复上前请安。三桂道：“卿等少坐，待朕细嘱。”国相等告了坐，三桂一丝半气地说道：“朕神气恍惚，时患昏晕，自思生平行事，大半舛错，今日悔已无及。人之将死，其言也善。长子应熊，也是为朕所害，目下只一孙世璠，留居云南，可惜年幼，朕死后，劳卿等同心辅助！”国相等齐声应命。三桂歇了一歇，又道：“湘、滇遥隔，朕当亲书遗嘱。”命侍儿取笔墨过来，自己欲令侍儿扶起，可奈浑身疼痛，片刻难支，复睡下呻吟一回。国相便请道：“陛下不必过劳，臣可恭录圣谕。”三桂点头，国相便展笺握管，待了许久，三桂

一言不发，仔细一看，已自晕了过去。国相即命众侍妾上前调护，自率百官出了宫门。好一歇，复偕太医同入宫中，但听宫内已动了哭声。国相忙对大众摇手，大家方把哭声止住。国相复目示太医，令太医临榻诊视，诊毕，太医道："皇上此时，不过稍稍痰塞，还未宴驾，大家切勿再哭！"痰塞不死，这是话里有话。言毕，即匆匆退出。国相命侍儿放下御帐，朝夕守护，只是大忌哭声。众侍妾莫明其妙，只得唯命是从。

国相退出宫外，忙令人召回胡国柱、马宝。胡、马二人，自永兴急归，由国相延入，屏去左右，密语二人道："主上已宴驾了。"胡、马二人，大吃一惊，问道："何时宴驾？"国相道："就在昨夜。主上命太孙世璠嗣立，我已夤夜令人去迎，阅此方知上文出去一歇的事情。并命宫中秘不发丧。主上遗嘱，要我等同心辅助，还请两公遵旨。"胡、马二人，自然答应。国相又道："我前时劝先帝疾行渡江，全师北向，先帝不从，今日敌兵四合，较前日尤觉困难，依我愚见，只好仍行前计，越是拼命，越不会死，越是退守，越不得生。这四语却是名言。不但云南、贵州可以弃去，连湖南也可不管，目前只有北向以争天下。陆军应出荆襄，会合四川兵马，直趋河南，水军顺下武昌，掠夺敌舰，据住上游。那时冒险进去，或可侥幸成功，二公以为何如？"马宝道："这且不可！先帝经过百战，患难余生，尚不肯轻弃滇、黔，自失根本，目下先帝又崩，时事日非，哪里还可冒险轻举？况滇、黔山路崎岖，进可战，退可守，万一为敌所败，还可退据一方。"国相不待马宝说毕，便叹道："我能往，寇亦能往，恐怕敌兵云集，就使重谷深岩，也是保守不住。"马宝还欲争辩，胡国柱道："现在且暂主保守，俟有机会，再图进取。"国相见识颇高，但此时清兵四合，北上亦非善策。国

相默然。

过了数日，世璠已到衡州，就在衡州即位，国相率百官叩贺，议定明年为洪化元年，随发哀诏，颁布国丧。胡国柱等因新帝尚幼，不宜久居衡州，仍令随员郭壮图、谭延祚等，迎丧扈驾，还处云南。郭壮图等挈了世璠，回滇而去。

清兵闻三桂已死，人人思奋，个个图功，安亲王岳乐，简亲王喇布，统率大兵入湖南，克复岳州、常德，顺承郡王勒尔锦，驻扎荆州，已好几年，此时亦胆大起来，渡过长江，攻取长沙。千军万马，直逼衡州，任你夏国相足智多谋，胡国柱、马宝冲锋敢战，也只得弃城遁走。广西巡抚傅宏烈，与将军莽依图，又攻破平乐，进复桂林，吴世琮败死陕西。大将军图海，偕提督王进宝、赵良栋等，攻破汉中，连拔保宁，王屏藩穷蹙自杀，王进宝、赵良栋复乘胜入川。川地自归三桂后，只担任周军粮饷，未见兵革，忽闻王、赵二将，率军杀来，逃的逃，降的降，成都一复，川西川南，势如破竹，迎刃而下。于是吴世璠所有的地方，只剩得云、贵两省了。兔起鹘落，是一手好笔仗。

康熙帝迭接捷报，把亲征的议论，原是搁起不谈，且因康亲王杰书、安亲王岳乐在外久劳，召还京师，复逮回顺承郡王勒尔锦、简亲王喇布、贝子洞鄂、贝勒尚善、都统巴尔布珠满将军舒恕等，说他劳师糜饷，误国病民，一律治罪。另命贝子彰泰为定远平寇大将军，代岳乐后任，自湖南趋云、贵，又以云、贵多山，当令步兵绿营居前，满骑居后，特授湖广总督蔡毓荣为绥远将军，节制汉兵先进。另授赵良栋为云、贵总督，统川师进捣，贝子赖塔为平南将军，统闽、粤兵进攻。三路大兵，浩浩荡荡，统向云、贵进发。彰泰既到湖南，与蔡毓荣相会，督兵进攻枫木岭，击死守将吴国

贵，进攻辰龙关。径狭箐密，只容一骑，夏国相等自衡州败还，留胡国柱守住隘口，一夫当关，万夫莫入。相持数月，彰泰焦急起来，悬了重赏，招募敢死士卒，潜逾峻岭，绕入关后，袭破国柱营寨。国柱败走，退至贵阳，这枫木岭与辰龙关，系是由湘通黔的要隘，二隘既破，清兵由险入夷，勇往直前。忽又接到清廷诏旨，略道：

军兴数载，供亿浩繁，朕恐累民，不忍加派科敛，因允诸臣条奏，凡裁节浮费，改折漕贡，量增盐课杂税，稽查隐漏田赋，核减军需报销，皆用兵不得已之意，事平自有裁酌。至满洲、蒙古汉军，久劳于外，械朽马毙，朕深悉其苦，其迅奏肤功，凯旋之日，所有借贷，无论数百万，俱令户部发币代还。朕不食言，昭如日月，其宣示中外，咸使闻知。

此诏一下，军士格外效命，遂自平越趋贵阳。胡国柱出战不利，退守数日。清兵用西洋巨炮，连日轰放，城陷数丈，清兵一鼓而上，国柱又弃城遁去。蔡毓荣率兵径进，彰泰暂屯贵阳，分兵复遵义、安顺、石阡、都匀、思南等府。别命提督桑格，进攻盘江。盘江守将李本深，毁去铁索桥，向后退走。桑格招土官速搭浮桥，允给重资。土司齐集江边，争来搭造，众擎易举，一夕便成。钱可通灵。桑格率兵渡过对岸，急追李本深，本深还是慢慢退去，只道清兵筑桥，断没有这等迅速，谁知清兵已经追到，吓得本深心胆俱碎，忙下了马，匍匐乞降，总算蒙桑格收受了。

这时候，蔡毓荣进兵黔西，直指平远，夏国相自云南调集劲旅，练成象阵，与王会、高起隆同至平远城抵御。平远西南多山，国相令部兵依山扎营，掩住象阵，专候毓荣到来。毓荣仗着战胜的锐气，驱兵大进，路上毫不停

留，既到平远，见山下敌营林立，便上前冲突，国相令营兵坚壁勿动。待清兵冲突数次，锐气少懈，然后发了密令，把营兵分开左右，推出象阵。毓荣急令兵士发炮，怎奈兵士已心慌意骇，脚忙手乱，炮未燃着，象已冲来，那时只顾保全性命，还有何心放炮？兵士逃得快，象愈赶得快，顷刻间倒毙无数，尸如山积，毓荣也没命的逃去，直退了三十里，方收拾残兵，扎住了寨。

隔了两日，复进军十里立营。又次日，复进军十里。兵士都怕象阵厉害，未敢前进，只因军令如山，不得不硬着头皮，勉强上前。是夕，毓荣升帐，召诸将听令。将士还道又要出战，个个胆战心惊，到了帐下，但见毓荣向诸将道："云南多产野象，从前敬谨亲王尼堪，为象阵所迫，身殁阵中，我前次失记，中了敌计，为他所败，部下多遭惨死，今已有计破他象阵，众将应同心敌忾，为我弟兄们复仇。”诸将听得有破敌的谋划，又复鼓舞起来，一齐喊声得令。毓荣又道：“野象非人力可敌，当用火攻的计策，今夜先在营外密布火种，待明日前去诱敌，引了敌兵至此，纵火烧他，象必返奔，转为我用，乘此追杀，必得全胜。”诸将遵令自去，分头布置。

次晨，毓荣手执红旗，督兵进战，国相等开营接仗，约战数合，又把营兵两旁分开，毓荣即掉转红旗，望后急走。国相又驱出象阵，猛力追赶，毓荣佯作惊慌之状，令兵士四散奔窜。敌军恃有象阵，只望前追，约行十里，不防火种骤发，势成燎原，那些野象，已有好几只跌入火坑，余象都向后返奔，反冲动敌军本队。国相知是中计，忙令军士分列两旁，让各象奔过，勒兵再战，怎奈军心已经恐慌，队伍不免错乱，这边蔡毓荣又合兵杀来，顿时全军溃窜，国相无法阻住，令王会、高起隆率军先走，自领精骑断后，一边且战且走，

一边且追且击。毓荣又传令穷追，把国相逐出贵州境界，方才收军。从此吴世璠又失贵州了。叙次明白。

且说贝子赖塔，自广西攻云南，令傅宏烈在后策应，是时马雄已死，其子马承荫降清，留守南宁，部下多桀骜不驯，仍有变志。宏烈奏请马军随征，免为内地患，未接复旨，不料为承荫所闻，邀宏烈亲往部勒。宏烈即行，部将多说承荫狡悍，不如勿去。宏烈道："承荫已降，奈何疑他？"径领数十骑往南宁。承荫率众出迎，格外恭顺。宏烈偕承荫入城，城门陡阖，伏兵齐起，竟将宏烈拿下囚送云南。吴世璠劝宏烈降，宏烈大骂道："尔祖未叛时，我即劾奏，早知尔家必要造反，我恨不早灭尔家，难道还肯从你么？"世璠命左右将宏烈处斩，宏烈骂不绝口而死。此信传到赖塔军中，赖塔急檄莽依图攻南宁，承荫也率象阵迎敌。亏得莽依图已闻蔡军消息，也照毓荣计策，击败承荫。承荫入城拒守，莽依图围攻数日，总督金光祖亦率兵前来，两下合军攻破南宁。活擒承荫，解京磔死。

广西已定，赖塔遂一意进攻，与蔡毓荣军相遇，直趋云南。贝子彰泰继进，沿途相率迎降。各军至归化寺，距云南只三十里，世璠惶急万状，方拟遣夏国相等再出拒敌，忽报赵良栋由川赴滇，乃令夏国相、胡国柱、马宝等，移阻赵军，别命郭壮图领步骑数万迎战三十里外。郭壮图向守云南，未尝御敌，至是亦驱野象数百头，列为前军。部将武安时谏道："夏国相曾用象阵，为敌所败，驸马何故复循覆辙？"郭壮图道："夏国相贪功追敌，是以致败，吾不过令象冲锋，并非靠象追敌，有何不可。"谁知不然。于是直趋归化寺，与清兵接仗。清贝子彰泰在左，赖塔在右，两路夹攻，郭壮图率军死战，自卯至午，五却五进，蔡毓荣见不能取胜，忽生一计，纵火焚林，林

中烈焰上腾，吓得众象纷纷乱窜。彰泰赖塔，乘势掩击，郭壮图只得败走。三用象阵，都被击退，可谓至死不悟。

清兵遂进逼云南省城，世璠复调夏国相等回救，赵良栋又尾追而来。孤城片影，四面楚歌，吴世璠保守五华山，饬健卒乞师西藏，又被赵良栋查获，眼见得围城援绝，指日灭亡。夏国相、马宝、胡国柱、郭壮图等，明知灭亡不远，只因身受遗命，以死自誓，两边复血肉相薄，延续数月。到康熙二十年十月中，城中粮尽，军心遂变，南门守将方志球，阴与蔡毓荣相通，放蔡军入城，由是诸军齐进，胡国柱急来拦阻，一炮飞来，正中面颊，立即毙命。夏国相、马宝犹督兵巷战，被清兵围裹，大叫："降者免死。"部兵遂倒戈相向，把夏国相、马宝都戳下马来，擒献清军。蔡毓荣即驰上五华山，守将郭壮图自杀，余兵统已溃散，当即冲入世璠住所，见世璠已悬梁自尽，侍女等一齐下跪，哀乞饶命。毓荣约略一顾，忽觉侍女中间，有两人生得非常美丽，泪容满面，犹自倾城。毓荣仔细询问，方知是三桂遗下的宠姬，便命军士好生保护，不得有违。正嘱咐间，将军穆占亦率兵进来，听见毓荣嘱咐的言语，忙道："蔡将军不要独得，须留一个与我。"这样东西，原来人人欢喜。毓荣无法，遂将一美姬分与穆占，一美姬带出自用。随后诸军齐到，争取子女玉帛，只赵良栋严禁部下掳掠，仅取藩府簿籍，留献京师。捷报传达清廷，下旨析三桂骸骨，颁示海内。世璠首级及夏国相等，解送北京。后来夏国相、马宝等，尽被凌迟处死，吴氏遂亡。小子又有一诗道：

滇南一破籍长沦，天定由来竟胜人。
假使吴宗能永古，人生何必重君亲。

滇藩已灭，还有闽、粤二藩，尚在未

撤，究竟作何处置，且俟下回再说。

三桂称帝之日，天大风雨，虽属适逢其会，要不可谓非天怒之兆。称帝以后，未几遘疾，曩昔冤厉，丛集而来，此亦作者烘托笔墨，然固一神道设教之苦心也。三桂已死，大局瓦解，作者故作简笔，一一收束，愈见灭亡之速。三寸不律，缭绕烟云，忽如万岫迷濛，忽如长空迅扫，不可谓非神且奇云。

# 第六回　台湾岛战败降清室　尼布楚订约屈俄臣

却说诸清将歼灭滇藩，陆续班师，到了北京，闻尚之信、耿精忠，亦已逮到治罪。原来尚之信归命后，清廷屡促出师，他只逗留不进，及三桂已死，始从征广西，驻军宣武，会之信弟之孝，谋袭藩位，遣藩下人张士选赴京告密。清京遂遣侍郎宜昌阿等，驰往按问，

当由都统王国栋出证罪状。之信闻知，自广西驰归，袭杀国栋。宜昌阿便檄粤军，擒归之信，有旨赐死。之孝亦坐罪革职。尚藩完了。耿精忠亦为诸弟所劾，召至京师，交部议罪。大学士明珠首言精忠应加极刑，遂把精忠磔死。耿藩又了。惟孙延龄妻孔四贞，为太后义女，且劝夫反正，先至京师声明，有旨实封郡主，禄赡终身。于是大赦天下，诏户部发帑代偿宿负，并减免用兵各省赋税，特下一道明谕道：

当滇逆初变时，多谓撤藩所致，欲诛建议之人以谢过者。朕自少时，见三藩势焰日炽，不可不撤，岂因三桂背叛，遂诿过于人？今大逆削平，疮痍未复，其恤兵养民，与天下休息。

三藩已平，中国本部十八省，及关东三省，都属大清版图，真成了浩荡乾坤，升平世界。独有台湾郑经，抗志海外，偏不受清朝命令。海外田横。先是精忠叛清时，与经同攻广东，精忠归闽降清，汀州、泉州、漳州等郡，皆为经所据。精忠与清亲王杰书，合军攻经收复各郡。经退守厦门，嗣复令部将刘国轩等，分路入犯，攻陷海澄，围攻漳泉，巡抚吴兴祚与将军赖塔，出兵泉州，总督姚启圣与提督杨捷，出兵漳州，郑军始退。只海澄仍为国轩所据，湖南水师万正色，督率战舰二百艘，由海赴闽，与兴祚、启圣等，水陆夹攻，遂复海澄，并夺回金、厦二岛。郑经及国轩，仍退据台湾。将军赖塔意欲招抚郑经，省得再来缠扰，遂着人致书郑经道：

自上海用兵以来，朝廷屡下招抚之令，而议终不成，皆由封疆诸臣，执泥削发登岸，彼此龃龉。台湾本非中国版籍，足下父子，自辟荆榛，且眷怀胜国，未尝如吴三桂之僭妄。

本朝亦何惜海外一弹丸地，不听田横壮士，逍遥其间乎？今三藩殄灭，中外一家，豪杰失时，必不复思嘘已灰之焰，毒疮痍之民。若能保境息民，则从此不必登岸，不必薙发，不必易衣冠，称臣入贡可也。不称臣，不入贡，亦可也。以台湾为箕子之朝鲜，为徐福之日本，与世无患，与人无争，而沿海生灵，永息涂炭，惟足下图之！

郑经得书，复请如约，只要把海澄县作为互市公所。赖塔倒也有意允许，不意总督姚启圣，偏说出许多后患，坚持不可。偏是汉人作梗。一场和议，化作飞灰。

郑经有子数人，长子克𡒉，最贤，颇知礼贤下士，经连年出外，一切国事，都交克𡒉管理，并不闻有什么失政。只克𡒉乃是乳婢所生，并非嫡出，家人统看他不起，不过郑经爱宠克𡒉，又无过可摘，只得大家隐忍。嗣郑经连为清军所败，退归台湾，郁郁不得志，乃效战国时信陵君故事，日近醇酒妇人，藉消愁闷，哪里晓得酒能伐性，色足戕身，警世名言。天下没有流连酒色的人，能延年益寿，不到一二年，酿成一种头昏目眩的病症，心肾两亏。日渐加重，竟致不起。遗言命克𡒉嗣位，奈家人素来轻视克𡒉，群小又惮他明察，合力构谋，不怕克𡒉不死。侍卫冯锡范甘作祸首，勾通内外，此时成功妻董氏尚存，听了左右谗言，平白地将克𡒉鸩死，拥立郑经次子克塽为主，袭爵延平郡王。克塽幼弱，不能理事，诸事统由冯锡范决断。锡范骄横不法，大失人心。台湾要保不牢了。谍报传入内地，闽督姚启圣非常得意，想乘此吞灭台湾了。

姚启圣系浙江会稽人，证明汉族。少年时已胆大敢为，后来从征有功，康亲王杰书竭力保奏，竟擢为福建总督。福建迭遭兵燹，十室九空，康亲王收服耿藩，驱逐郑氏，表面看是平

靖，内容实是撩乱。当时闽中住着一王、一贝子、一公、一伯，及将军、都统各员，都带着皇室禁旅、满洲健儿。这班兵士，吃了百姓的粮米，占了百姓的房屋，还要百姓的子弟，给他当差，百姓的妻女，畀他侍寝，可怜这等小百姓，敢怒而不敢言。到了康亲王奉旨班师，兵士们掳去金帛，不可胜计，还有眉清目秀一班俊仆，娇娇滴滴的一班妇女，兵士不肯舍去，也要把他们带回。姚启圣假义行仁，面请康亲王下令禁止，暗地里设法偿还，计捐金二十万两，拔还难民二万多人，这不可谓非姚氏功德。因此闽人感激异常，多摆着长生禄位，供奉这位总督姚公。人人说乱世时难以做官，吾谓乱世时做官反易，如若不信，请看姚启圣。启圣暗想，人民已受笼络，功劳还是寻常，总要做一件大大的事业，方不愧为清家柱石。适值台湾内乱，立即奏了一本，说是台湾主少国危，时不可失。康熙帝便令王大臣会议，内阁学士李光地请即照准，康熙帝遂降旨准奏。启圣复力保降将施琅，材可大用，得旨授施琅为福建水师提督，加太子太保衔。武将加文衔，也是清朝创举。

施琅本郑氏旧将，习知海上险要，到任后，日夕督操，练成水师军二万，分载战船三百艘，指日攻打台湾。会彗星出现，尚书梁清标，及给事中孙蕙，疏陈天象告警，不宜用兵，有诏暂停进剿。施琅力主出师，朝议又迁延数月。到康熙二十二年，因施琅屡次上奏，遂如所请。又是一个卖主求荣。台湾在福建东北，姚启圣欲候北风进取台湾，施琅独请乘南风先取澎湖。且言："澎湖不破，台湾无取理，澎湖失，台湾不战自溃。"遂疏请力任讨贼，留督臣在厦门济饷。康熙帝又言听计从，于是施琅遂进兵澎湖。守将刘国轩四面筑垣，环列火器，把澎湖守得格外严密。施琅遣游击蓝理为先锋，乘潮进薄，自乘楼船继进。国轩令守兵连放火炮，间以矢石，自昼至夜，相持不下。

忽然飓风大起，波如山立，战船随流簸荡，支撑不住。国轩驾船而出，直冲楼船，施琅急督兵迎敌，猛被一箭射来，正中琅目，琅不禁失声，几乎跌倒。幸亏总兵吴英，见主帅受伤，一面令亲卒保护施琅，一面率军士力战，炮矢齐发，射退国轩，大风亦渐渐平息，两边鸣金收兵。

次晨，施琅定计分攻，力惩前创，命总兵陈蟒，率五十艘攻鸡笼屿，总兵魏明，率五十艘攻牛心湾，自督五十六艘分作八队，直捣中坚，仍用蓝理为先锋，另具八十艘为后应。国轩见清军继出，正拟坚守，仰见东南角上，微云渐合，立命发兵。部长曾遂道："施琅再来，必惩前辙，我军不如固守为是。"国轩道："今日必有大风，正可一鼓歼敌，何为不出？"曾遂问道："主帅何以知有大风？"国轩以手指东南角，示曾遂道："汝在海上多年，难道不知海上气候，云合风生，雷鸣风止么？”曾遂喜跃而出，率领战舰，先来迎敌。适遇一清舰驶至，舟上大书蓝理二字，曾遂知清军前锋已到，喝令水兵接仗。此时正值盛暑，蓝理裸着半体，立在船头，两手执着双刀，先把敌兵劈下了数十个，敌兵见蓝理凶猛，各执长枪刺来，蓝理将双刀乱削，削断枪杆无数，又砍了好几个敌兵。自身也着了十多枪。谁叫你裸体？陡遇一弹飞来，掠过蓝理肚腹，蓝理向后而倒。那边曾遂大呼道：“蓝理死了！”突见蓝理跃起，持刀大吼道：“蓝理尚在，曾遂死了。”应对有趣。复连呼：“杀贼，杀贼！”震声如雷。施琅闻蓝理被伤，急率军舰上前，见蓝理腹破肠出，鲜血淋漓，忙令蓝理弟蓝瑗、蓝珠，翼蓝理下了小舟，掬肠入腹，裹好创处，载回营中。

说时迟，那时快，国轩已联樯而来，接应曾遂，奋力相扑。施琅命各队分列，人自为战，枪戟并举，箭弹互施，真杀得天日无光，

风云变色。突然间天空中一声霹雳，响彻海滨，国轩不胜骇愕，曾遂以下诸将士，都相顾失色，军心一乱，哪里还愿抵敌？眼见得败阵退还。清军乘势掩杀，焚毁敌舰百余艘，毙敌兵万余名，国轩仓卒退至牛心湾，遇清将魏明杀来，不敢抵当，另走鸡笼屿，又遇着清将陈蟒，前后左右，统是清兵，没奈何逃奔台湾去了。

施琅乘胜至台湾，舟泊鹿耳门，胶浅被搁，敌舰复来攻击。施琅连忙对仗，火箭火弹，互掷一阵，怎奈敌兵如蚁而来，施琅舟不能动，被他四面围住。正紧急间，蓝理摇舟来救。敌大惊，相率披靡。蓝理左手执盾，右手执刀。跃上敌船，连斩巨魁十余人，敌兵凫水遁去。乃请施琅易舟，琅执理手，并问创疾。蓝理笑道："主帅有急，就使创裂至死，亦顾不得许多。"副将义务，理应如此。遂与施琅轰击郑军，郑军退去。

次晨，海上大雾迷濛，潮高丈余，施琅、蓝理等鼓舟而入，国轩方在岛上督守，见清军随潮进来，推案起立，叹道："闻先王得台湾，鹿耳门潮涨，今又这般，岂非天数么？"遂遣使迎降，缴出延平郡王招讨大将军印，献出台湾版籍。自顺治十八年，成功据台湾独立，二十三年而亡。

施琅遣人由海道告捷，七日至京，康熙帝大喜，封施琅为靖海侯，命克塽等入都，授克塽海澄公，刘国轩、冯锡范亦封伯爵。克塽以下，皆得受封，康熙帝算是厚道，然冯锡范亦得伯爵，未免赏罚不当。遂于台湾辟地垦荒，设一府三县，隶属福建省。自是清朝威力，远达海外，琉球、暹罗、安南诸国都，遣使朝贡，连欧洲的意大利、荷兰等国，亦通使修好，请开海禁，求互市。廷议准海滨通商，设粤海、闽海、浙海、江海四关，置吏榷税，这就是沿海通商的基础，小子且按下慢表。

且说中国北方，有个俄罗斯国，元朝时，已被蒙古兵灭掉大半，到了元朝衰微，俄罗斯又渐渐强盛起来，把蒙人尽行驱逐，独霸一方。满清初兴，遣兵略黑龙江，俄罗斯亦发远征军，越外兴安岭，到黑龙江北岸。会清兵入关，无暇远略，俄将喀巴罗领了几百个俄兵，将黑龙江北岸的雅克萨地占据了去，用土筑城，屯兵把守，复分兵下黑龙江，被清都统明安达礼及沙尔呼达，先后击退，只是雅克萨城占据如故。

康熙二十一年，三藩削平，海内无事，康熙帝想驱除俄人，略定东北，先差副都统郎坦，托名出猎，渡过黑龙江，侦探雅克萨城形势。郎坦回奏俄兵稀少，容易扫除，康熙帝乃决意征俄，预命户部尚书伊桑阿，赴宁古塔督造大船，并筑造墨尔根、齐齐哈尔两城，添置十驿，以便水陆通饷。又遣萨布素为黑龙江将军，筹画战备，令蒙古车臣汗，断绝俄人贸易。二十二年，俄将模里尼克率可萨克兵六十多人，自雅克萨城出发，直到黑龙江下流。适遇清船巡弋，一鼓而起，把六十多个可萨克兵，尽行拿住。模里尼克没有飞毛腿，自然一并捉来，送到齐齐哈尔拘禁。

二十三年，清兵至雅克萨城劝降，俄兵不从。

二十四年，清都统彭春率水陆两军北征，陆军约万人，随带巨炮二百门，水军五千人，战舰百艘，从松花江出黑龙江，齐集雅克萨城下，俄将图尔布青严行拒守，部下兵只四百多名，彭春令他把城退让，引兵归国，图尔布青恃着骁勇，不肯听命，清兵始用巨炮轰城，图尔布青开城接战，以一抵十，以十抵百，倒也一番鏖斗，确是一员勇将。怎奈众寡悬殊，究不相敌，只得弃了土城，退至尼布楚。彭春令军士将土城毁去，率兵凯旋，谁知到了次年，图尔布青偕了陆军大佐伯伊顿，又到雅

克萨地，不怕死的硬头皮。筑起土垒，驻兵守御。彭春复引兵八千，运大炮四百门进攻，图尔布青令伯伊顿守住土垒，自率部兵抵死拒战。他手下不过四百多人，前次伤亡了数十名，只剩得三百多人，他独能与八千清兵往来冲突，清兵围住了这边，他冲到那边，围住了那边，复冲到这边。清初劲旅，尚难把三百俄兵，一鼓歼灭，可见俄兵强悍情形。彭春焦躁起来，督令开炮。图尔布青还不管死活，来夺炮具。轰的一声，图尔布青中弹倒毙，俄兵方逃入垒中。

伯伊顿部下，亦只一二百名，同了图尔布青部下遗兵，死守不去。清兵放炮轰垒，他却掘了地洞，令部兵穴居避弹，弹来躲入，弹止钻出，垒有残缺，随时修补，弄得清兵没法。适荷兰贡使在都，自称与俄罗斯毗邻，愿作居间调人。康熙帝遂命荷兰使臣，遗书俄国，责他无故寇边。旋得俄皇大彼道复书，略言："中俄文字，两不相通，因致冲突。现已知边人构衅，当遣使臣诣边定界，请先释雅克萨围兵。”康熙帝因穷兵徼外，未免过劳，遂允与议和，饬彭春解围暂退。于是俄遣全权公使费耀多罗，到外蒙古土谢图汗边境，遣人至北京，请派官与议。康熙帝命内大臣索额图等往会，途次闻土谢图与准噶尔构兵，不便交通，复折回京师，再遣从官绕道出境，通信俄使，议定以尼布楚为会场。索额图又奉使至尼布楚，带领西洋教士张诚、徐日升作为译官，另备精兵万余人，水陆并进，直达尼布楚城外。俄使费耀多罗亦率千人到尼布楚，见清使兵卫甚盛，颇有惧色。外交全恃兵力。次日在城外张幕开会，两国公使及从人毕集，护兵各二百余人，手执兵刃，侍立两旁。俄使开议，语言钠磔，索额图全然不懂，经张诚翻译，始知俄使要求，以黑龙江南岸归清，北岸界俄。索额图道：“哪有此理？今日俄欲议和，须东起雅克萨，西至尼布楚，凡俄领黑龙江及后贝加尔

湖殖民地，一律归我方可。”以尼布楚归中国，足阻俄人东来之锋，索额图初议，很是有理。俄使费耀多罗也不懂索额图的说话，复由张诚译出，交与俄使。俄使阅毕，只是摇头。索额图见和议不谐，径自回营。翌日复会，索额图稍稍退让，拟把尼布楚地，作为两国分界。俄使亦不允，索额图又盛气回营。张诚等往来调停，复由索额图少让，北以格尔必齐河及外兴安岭为界，南以额尔古纳河为界，俄人所有额尔古纳河南堡寨，当尽移河北。俄使尚坚执不从，索额图遂召水陆两军，会齐城下，拟即攻城。俄使不得已照允。遂于康熙二十八年订约互换，约凡六条，大旨如下：

一、自黑龙江支流格尔必齐河，沿外兴安岭以至于海，凡岭南诸川，注入黑龙江者，属中国，岭北属俄。

二、西以额尔古纳河为界，河南属中

国，河北属俄。

三、毁雅克萨城，雅克萨居民及物用，听迁往俄境。

四、两国猎户人等，不得擅越国界，违者送所司惩办。

五、两国彼此不得容留逃人。

六、行旅有官给文票，得贸易不禁。

约成，勒碑格尔必齐河东及额尔古纳河南，作为界标，用满、汉、蒙古、拉丁及俄罗斯五体文字，这叫作中俄《尼布楚条约》。正是：

外交开始成和约，后盾坚强怵外人。

自是中俄修好，百余年不兴兵革。蒙古以北，已断轇轕，只蒙古尚未平靖，且待下回再说平定蒙古的方略。

台湾孤悬海外，向未入中国版图，郑成功占踞二十余年，至其孙克塽降清，台湾始为清有，风止潮涨，一战成功，岂真天意使然？亦强弱不敌之一证也。至若尼布楚议和，清史上称为最荣誉之条约，实则俄兵远来，势孤而弱，清军近发，势盛而强。此约之成，宁非强弱不同之再证乎？然彭春再出，穷年累月，不能破一雅克萨土垒。索额图原议不谐，终至让步，俄之强已可知已。文中一鳞一爪，莫非叙述，亦莫非眉目，在善读者默会可耳。

# 第七回 三部内哄祸起萧墙 数次亲征荡平朔漠

上回说到索额图赴会时，本自蒙古通道，因土谢图与准噶尔构兵，中道被阻，以致折回。索额图与俄订约，已于上回叙毕，只准噶尔构兵一事，还未说明，本回正要续说下去。却说中国长城外，就是蒙古地方，分作三大部：一部与长城相近，叫作漠南蒙古，亦称内蒙

古；内蒙古的北境，又有一部，叫作漠北喀尔喀蒙古，亦称外蒙古，这两部统是元太祖成吉思汗的后裔；还有一部在西边，叫作厄鲁特蒙古，乃是元太师脱欢，及瓦剌汗也先的后裔。漠南蒙古，内分六盟，清太宗时已先后归附，独喀尔喀、厄鲁特两大部，尚未帖服。喀尔喀还遣使乞盟，厄鲁特从未通使，清朝亦视同化外，不去过问。只厄鲁特自分四部，一名和硕特部，一名准噶尔部，一名杜尔伯特部，一名土尔扈特部。准噶尔部最强，顺治年间，准噶尔部长巴图尔浑台吉，并吞附近部落，势力渐盛。康熙初，浑台吉死，其子僧格嗣立。僧格死，其子索诺木阿拉布坦嗣立。僧格弟噶尔丹，把侄儿杀死，篡了汗位，外人称头目为汗。并将和硕特、杜尔伯特、土尔扈特等部，尽行霸据；于是向东略地，欲夺喀尔喀蒙古。

喀尔喀蒙古，旧分土谢图、札萨克、车臣三部，土谢图与札萨克相连，札萨克汗，娶了一妾，人人说她是西施转世，天女化身；此女又来作祟。艳名传到土谢图部，土谢图汗，竟成了一个单相思病，他却想出了一个计策，阳称到札萨克部贺喜，令部下包裹军械，分载橐驼身上，假说是贺喜的送礼，随带了部役数百名，向札萨克部进发。这蒙古地方，本没有什么宫室城郭，就使是头目住所，也不过立个木栅，叠些土垒，便算了事。土谢图汗既到，就有札萨克部役接着，通报头目。札萨克汗出来迎入，席地而坐。土谢图汗便道："闻得贵汗新纳宠姬，特来道贺！"札萨克汗答道："不敢当，不敢当！小妾已娶得多日了。"土谢图汗道："敝处与贵部，虽系近邻，有时也消息不通，直到近日方知，特备薄礼相遗，尚祈笑纳。"札萨克汗道："这是更不敢拜领了。"土谢图汗道："这也何必客气！只是贵姬艳名远噪，叨在邻谊，可否一容相见？"札萨克汗道："这又何妨。"说罢，便召爱姬出室，与

土谢图汗行相见礼。土谢图汗见她颀长白皙，楚楚可人，不觉心旌摇曳，魂魄飞扬，即定一定神，召部役解囊入内，喝声道："何不动手？"札萨克汗茫无头绪，但见土谢图汗的部役，从橐中取出物件，光芒闪闪，都是腰刀。好一分贺礼。札萨克汗也管不得爱姬，转身就逃。那位爱姬，正想随走，怎奈两脚如钉住一般，不能前行，被土谢图汗拦腰抱住，出外就跑。喜可知也。这等部役一声吆喝，赶了橐驼，都回去了。

札萨克汗既失爱姬，顿时大怒，召齐部役，来攻土谢图部。土谢图汗知札萨克汗不肯干休，急遣人联络车臣汗与札萨克汗对敌。札萨克汗不能抵当，率众败走。三部相哄，遂惹出一个大祸祟来。祸首非别，就是准噶尔部大头目噶尔丹。其实祸首不是噶尔丹，乃是札萨克的美姬。噶尔丹闻了此信，差人到札萨克部，愿与调停。札萨克汗大喜，便叫原使到土谢图部，索还爱妾。覆水难收，索还何用？原使应命至土谢图，坐索札萨克汗的爱姬。看官！你想土谢图汗费了好些心机，把这个美人儿，抱回取乐，哪里肯原璧归赵？已非全璧。偏这使人恶言辱骂，恼了土谢图汗，将使人杀死。噶尔丹借词报复，扬言借俄罗斯兵，来攻土谢图。土谢图汗大惧，忙整守备，待了数月，毫无影响，到边界窥探，亦没有俄兵入境，只有几个外来喇嘛，四处游牧。蒙俗向以游牧为生，邻境往来，也是常事，土谢图汗毫不在意。镇日里与抢来的美人调情饮酒，不防噶尔丹领了三万劲骑，道出札萨克部，越过杭爱山，直入土谢图境，与游牧喇嘛会合，使为前导，引至土谢图汗住所。时正夜静，土谢图汗拥着美人，酣卧帐中，忽觉得火焰飙起，呼声震天，宛如千军万马排山倒海而来，他也不辨是何处人马，忙从帐后窜去。噶尔丹杀入帐中，不见一人，到处搜寻，只剩得一个美人儿，睡在床上，缩做

一团。噶尔丹也不去惊她，命部骑在帐外驻扎，自回内室，做了札萨克汗第三，慢慢的抱住娇娃，享受个中滋味。一夕换得二郎君，毕竟美人有福。到了次日，复分兵为两路，一路东出，袭破车臣部，一路西出，袭破札萨克部。假虞伐虢，噶尔丹颇有狡谋。他便踞着喀尔喀王庭，募集兵士数十万，声势大张。

这喀尔喀三部人民，穷蹇无归，只得投入漠南，到中国乞降。康熙帝命尚书阿尔尼发粟赈赡，且借科尔沁水草地，暂畀游牧。噶尔丹也遣使入贡，康熙帝便令阿尔尼劝谕噶尔丹，要他率众西归，尽还喀尔喀侵地。噶尔丹拒绝清命，反日夕练兵，竟于康熙二十九年，借追喀尔喀部众为名，选锐东犯，侵入内蒙古。尚书阿尔尼急率蒙古兵截击。噶尔丹佯败，沿途抛弃牲畜帐幙。蒙古兵贪利争取，队伍错乱，噶尔丹返身来攻，阿尔尼不及整队，被他一阵掩击，杀得大败亏输，鼠窜而遁。

康熙帝得了败报，定议亲征，先命裕亲王福全为抚远大将军，率同皇子允禔，出长城古北口，恭亲王常宁为安北大将军，率同简亲王雅布，出长城喜峰口，并命阿尔尼率旧部，会裕亲王军，听裕亲王节制。又别调盛京吉林及科尔沁兵助战。车驾拟亲幸边外，调度各路大兵。是年七月，康熙帝启銮出巡，方出长城，忽得探报，恭亲王军在喜峰口九百里外，被噶尔丹杀败回来，康熙帝命诸军急进；途次，又闻噶尔丹前锋，已到乌兰布通，距京师只七百里，康熙帝倒也惊愕起来，飞诏征调裕亲王军，到乌兰布通，会截敌兵。旋得裕亲王军报，已至乌兰布通驻扎，帝心少安。

且说噶尔丹乘胜南趋，到乌兰布通，遇着清营阻住，遂遣使入见裕亲王，略言追喀尔喀仇人，阑入内地，非敢妄思尺土，但教执畀土谢图汗，即当班师。裕亲王福全，把来使叱回。次日，两军对仗，噶尔丹用了驼

城，依山为阵。什么叫作驼城？他用橐驼万余，缚足卧地，背加箱垛，蒙盖湿毡，环列如栅，作为前蔽，所以名叫驼城。前有象阵，后有驼城，倒是极妙巧对。清军隔河立阵，前面纯立火炮，遥轰中坚，自午至暮，驼皆倒毙，驼城中断。清军分作两翼，越河陷阵，遂破敌叠，噶尔丹乘夜遁去。次日，遣喇嘛至清营乞和。福全飞报行在，有诏“速即进兵，毋中他缓兵之计”，于是福全急发兵追赶，已自不及。噶尔丹奔回厄鲁特，遗失器械牲畜无算，复遣人赍书谢罪，誓不再来犯边，康熙帝偶有不适，遂谕来使回报噶尔丹，嗣后不得犯喀尔喀一人一畜，来使唯唯而去，遂诏诸王班师。第一次亲征，第一次班师。

三十年，康熙帝以喀尔喀新附部众数十万，应用法令部勒，且准部寇边，由土谢图汗启衅，不能不严加训斥，乃议出塞大阅，先檄内外蒙古各率部众，豫屯多伦泊百里外，静候上命。过了数日，车驾出张家口，至多伦泊，盛设兵卫，首召土谢图汗，责他夺妾开衅。土谢图汗顿首谢罪，帝乃加恩特赦，留他汗号。复谕车臣、札萨克二汗，约束本部，永远归清，二汗亦即首谢恩。于是编外蒙古为三十七旗，令与内蒙古四十九旗同例，又因蒙俗素信佛教，命在多伦泊附近，设立汇宗寺，居住喇嘛，仍听蒙人游牧近边，自此外蒙归命。

隔了两年，拟遣三汗各归旧牧，谁知噶尔丹又来寻衅，屡奉书索土谢图汗，并阴诱内蒙古叛清归己，科尔沁亲王据实奏闻，康熙帝令科尔沁亲王，复书噶尔丹，伪许内应，诱令深入。噶尔丹果选骑兵三万名，沿克鲁伦河南下。克鲁伦河在外蒙古东境，他到了河边，竟停住不进。康熙帝又令科尔沁致书催促，去使还报，噶尔丹声言借俄罗斯鸟枪兵六万，等待借到，立刻进兵。真是乖刁。科尔沁复驰奏北

京。康熙帝道："这都是捏造谣言，他道是前次败走，因火器不敌我军的缘故，所以佯言借兵，恐吓我朝，朕岂由他恐吓的？"料敌颇明。遂召王大臣会议，再决亲征。

康熙三十五年，命将军萨布素，率东三省军出东路，遏敌前锋。大将军费扬古，振武将军孙思克等，率陕、甘兵出宁夏西路，断敌归道。自率禁旅出中路，由独石口趋外蒙古，约至克鲁伦河会齐，三路夹攻。是年三月，中路军已入外蒙古境，与敌相近，东西两军，道阻不至，帝援兵以待。讹言俄兵将到，大学士伊桑阿惧甚，力请回銮。康熙帝怒道："朕祭告天地宗庙，出师北征，若不见一贼，便即回去，如何对得住天下？况大军一退，贼必尽攻西路，西路军不要危殆么？"叱退伊桑阿，不愧英主。命禁旅疾趋克鲁伦河，手绘阵图，指示方略。从行王大臣，还是议论纷纷，各执一见，帝独遣使噶尔丹促他进战。噶尔丹登高遥望，见河南驻扎御营，黄幄龙纛，内环军幔，外布网城，护卫兵统是勇猛异常，不由得心惊脚痒，拔营宵遁。狡黠的人，往往胆小。翌日，大军至河，北岸已无人迹，急忙渡河前追，到拖诺山，仍不见有敌踪，乃命回军；独命内大臣明珠，把中路的粮草，分运西路，接济费扬古军。

是时噶尔丹奔驰五昼夜，已到昭莫多，地势平旷，林箐丛杂，噶尔丹防有伏兵，格外仔细，步步留心。俄闻林中炮声突发，拥出一彪兵来，统是步行，约不过四百多名，噶尔丹手下尚有万余人，统是百战剧寇，遇着这厮小小埋伏，全不在意。大众争先驰突，清兵不敢抵抗，且战且走，约行五六里，两旁小山夹道，清兵从山右趋入。噶尔丹勒马，遥见小山顶上，露出旗帜一角，大书大将军费字样，便率众上山来争。清兵据险俯击，矢铳迭发，敌兵毫不惧怯，前队倒毙，后队继进，幸亏

清兵阵前，设列拒马木，阻住敌骑，噶尔丹乃止住东崖，依崖作蔽，一面令部兵举铳上击，声震天地，自辰至午，死战不退。忽山左绕出清兵千名，袭击噶尔丹后队，后队统是驼畜妇女，只有一员女将，身披铜甲，腰佩弓矢，手中握着双刀，脚下骑着异兽，似驼非驼，见清兵掩杀过来，她竟柳眉直竖，杀气腾腾，领着好几百悍贼，截杀清兵，清兵从没有与女将对仗，到了此时，也觉惊异，便与女将战了数十回合，只杀得一个平手。不料噶尔丹竟败下山来，冲动后队，山上清兵，从高临下，把子母炮接连轰放。山脚下烟雾迷漫，但见尘沙陡起，血肉纷飞，敌骑抱头乱窜，约有两三个时辰。山上山下，只留清兵，不留敌骑。清兵停放铳炮，天地开朗，准部兵倒地无数，连穿铜甲的这位女将，也头破血流，死于地下。红颜委地，吊古战场文中，却未曾载入。看官！你道这员女将是哪一个？就是噶尔丹妃阿奴娘子，准部呼她为可敦。此时札萨克汗的爱姬，未知尚生存否？若尚存在，倒可升作可敦了。可敦善战，力能抵住清兵，只因噶尔丹闻后队被袭，返顾却退，清兵乘势杀下，敌兵大乱，自相凌藉，遂至可敦战殁，只逃去了噶尔丹。

费扬古止诸将穷追，收兵回营，当即置酒高会，与诸将道："今日战胜，都是殷总兵化行之力，殷总兵劝我如此设伏，方得一鼓破敌，还请殷总兵多饮数杯，聊申本帅敬意。"说毕，亲自酌酒，递与殷化行。化行双手捧杯，一饮而尽，接连又是两杯，化行统共饮干，离座道谢。化行是宁夏总兵，上文曾叙说费扬古率陕、甘兵出宁夏西路，化行随征献计，得此胜仗，所以费扬古特别奖劳。当时清营中欢声雷动，由费扬古飞报捷音。康熙帝大悦，慰劳有加，仍命费扬古留防漠北，遣陕、甘军凯旋，自率禁旅还京。第二次亲征，第二次班师。

噶尔丹复奔回厄鲁特，途中闻报僧格子策妄阿布坦，为兄报仇，占据准噶尔旧疆，拒绝噶尔丹。噶尔丹欲归无所，窜居阿尔泰山东麓。康熙帝闻噶尔丹穷蹙，召使归降，噶尔丹仍倔强不至。越年，康熙帝复亲征，渡过黄河，到了宁夏，命内大臣马思哈，将军萨布素，会费扬古大军深入，并檄策妄阿布坦助剿。噶尔丹闻大军又出，急遣子塞卜腾巴珠，到回部借粮。回部在天山南路，当噶尔丹强盛时，亦归服噶尔丹，至是回人将其子拘住，囚献清军。噶尔丹待粮无着，不知所为，左右亲信，又相率逃去，或反投入清营，愿为清兵向导。噶尔丹连接警信，有的说："清兵将到。"有的说："策妄阿布坦亦领部众来攻。"有的说："回部亦助清进兵。"好像打落水狗。一夕数惊，彷徨达旦。噶尔丹自言自语道："中国皇帝，真是神圣，我自己不识利害，冒昧入犯，弄得精锐丧亡，妻死子虏，目今进退无路，看来只好自尽罢了。”遂即服毒而死。

帐下只遗一女，他的族人丹吉喇，便挈了他的女儿，随带噶尔丹骸骨，拟至清营乞降，札萨克汗爱姬不知下落，想已被噶尔丹弄死了。不想中途被策妄阿布坦截住，将丹吉喇等捆绑起来，送交行在。康熙帝颁诏特赦，命丹吉喇为散秩大臣，噶尔丹子塞卜腾巴珠，也得了一等侍卫，俱安插张家口外，编入察哈尔旗。土谢图、车臣、札萨克三汗，遣归旧牧。此时土谢图汗与札萨克汗相遇，不知应作何状。辟喀尔喀西境千余里，增编部属为五十五旗，朔漠悉定，康熙帝铭功狼居胥山而还。第三次亲征，第三次班师。既至京师，大飨士卒，俘得老胡人数名，能弹筝，善作歌，帝赏以酒，各使奏技。中有一人能作汉语，笳歌凄楚，音调悲壮，但听他呜呜咽咽地唱道：

雪花如血扑战袍，夺取黄河为马槽。灭我名王兮，虏我使歌，我欲走兮无骆驼，呜呼黄河以北奈若何！呜呼北斗以南奈若何！

康熙帝闻歌大笑，并赏他金银数两，橐驼一匹。小子读这歌词，又技痒起来，随作诗一首道：

绝北亲征耀六师，往还三次始平夷。
镌碑勒石夸奇绩，算是清朝全盛时。

看官欲知后事，请至下回再阅。

天生尤物，必倾人国，既亡札萨克，复亡土谢图，至车臣部亦遭累及，甚至噶尔丹亦因此兴师，因此覆灭。是可知妹喜祸夏，妲己祸商，褒姒祸周，史册垂戒，非无因也。康熙帝为有清一代英主，三次亲征，卒平朔漠，挞伐之功，未始不盛；但必镌碑纪绩，沾沾自喜，毋乃骄乎！秦始皇琅琊刻石，实车骑燕然勒铭，殊不足训。以康熙帝之明，胡为效此？假故事以警世，揭心迹以垂训。作者之用意深矣。

# 第八回　争储位冢嗣被黜　罹文网名士沉冤

却说康熙帝聪明英武，算作绝顶，即位以后，灭明裔，扫叛王，降台湾，和俄罗斯，服喀尔喀，平准噶尔，他的圣德神功，小子已叙述大略。他还巡幸五台山，共计五次，南巡又六次。巡幸五台的缘故，有人说他是出去省亲，因顺治皇帝即位十八年，看破红尘，到五台山削发为僧，康熙帝屡去探视，每到五台，必令从骑停住寺外，单身进谒，直至顺治帝已死，方才不去。这件事只可付作疑案，小子未曾目见，不敢信为实事。若讲到巡幸东南，《东华录》上，明明说为治河的缘故，其实康熙帝意思，亦并不是单为治河，当时治河能手，有于成龙、靳辅等人，专管河务，都是考究地理，熟悉水性，难道康熙帝真是生而知之的圣人，略略巡阅，便能将河道大势，了然目中，格外筹画得精密么？他的深意，无非是昭示威德，笼络人心；所以禅山谒陵，蠲租免税，凡经过的地方，威德并用；东南的小百姓，从此怕他的威严，感他的德惠，把前明撇在脑后，个个爱戴清朝，清朝二百多年的基业，就此造成。若呆读《东华录》上文字，不加体会，便是笨伯，哪里晓得康熙帝的作用？小说中有这般大议论，可谓得未曾有。但本书于叙述间，亦常夹有微议，我请将原文略换数字，指示阅者云，若呆读此书

的文字，不加体会，便是笨伯，哪里晓得著书人的作用。只是康熙帝恰有一大失着，晚年来弄得懊丧异常，到去世的时候，反致不明不白，待小子细细道来：康熙帝有二十多个儿子，长子名叫允禔，就是初征噶尔丹时，作裕亲王福全的副手。古语道："立嫡以长"，论起年纪来，允禔应作太子，但他乃妃嫔所生，不由皇后产出。皇后何舍里氏，只生一子允礽，允礽生下，皇后便殁，康熙帝夫妇情深，未免心伤；且因允礽是个嫡长，宜为皇储，就于允礽二岁时，先立为皇太子。二岁立储，未免太早。后来重立皇后，妃嫔亦逐渐增加，一年一年的生出许多儿子，内中有四皇子胤祯，秉性阴沉，八皇子允禩，九皇子允禟，更生得异常乖巧，康熙帝格外爱宠一点。但既立允礽为太子，自然没有掉换的心思。允礽渐长，就令大学士张英为太子师傅，教他诗书礼乐，又命儒臣陪讲性理，南巡北幸时，亦尝带了允礽出去游历，总算是多方诱导；至亲征噶尔丹，又要太子监国，宫廷中也没有生出事来。

噶尔丹既平，东西南北，都已平靖，万民乐业，四海澄清，康熙帝春秋渐高，也想享点太平弘福，有时读书，有时习算，有时把酒吟诗，选了几个博学宏词老先生，陪侍左右，与他评论评论。这老先生辈，总是极力揄扬，交口称颂。康熙帝又叫他纂修几种书籍，什么《佩文韵府》，什么《渊鉴类函》，什么《数理精蕴》，什么《历象考成》，什么《韵府拾遗》，什么《骈字类编》，还有《分类字锦》，《子史精华》，《皇舆全览》等书；就是人人购买的《康熙字典》，也是这时候编成的。开了书橱，一律搬出。每种书籍，统有御制序文，究竟是皇帝亲笔，也不知是儒臣捉刀，涉笔成趣。小子无从深考。但日间与儒臣研究书理，夜间总与后妃共叙欢情，枕边衾里，免不得有阴谋夺嫡、媒孽允礽的言语。起初康

熙帝拿定主意，不听妇言，后来诸皇子亦私结党羽，构造蜚语，吹入康熙帝耳中，渐渐动了疑心。宫中后妃人等，越发摇唇鼓舌，播弄是非，你唆一句，我挑一语，简直说到允礽蓄谋不轨，窥伺乘舆，可笑这个英武绝伦的圣祖仁皇帝，竟被他内外蛊惑，把允礽当作逆子看待。怪不得周幽、晋献。康熙四十七年七月，竟降了一道上谕，废皇太子允礽，并将他幽禁咸安宫，令皇长子允禔及皇四子胤祯看守。于是这个储君的位置，诸皇子都想补入。皇八子允禩，模样儿生得最俊，性情亦格外乖刁，在父皇面前，越自殷勤讨好，暗中却想害死允礽，绝了后患。

事有凑巧，有一个相面先生，叫作张明德，在都中卖艺骗钱，哄动一时。贝子贝勒等，统去请教，明德满口趋奉，统说他是什么富，什么贵。看官！试想社会中人，有几个不喜欢奉承？因此都说这明德知人休咎，仿佛神仙一般。允禩怀着鬼胎，暗想自己相貌，究竟配不配做皇帝，遂换了衣装，去试明德，谁知明德一边，早已有人知风通报，等到允禩进去，明德即向地跪伏，口称万岁。允禩连忙摇手，明德见风使帆，导允禩入内室，细谈一番，一面说允禩定当大贵，一面又俯伏称臣。允禩喜甚，不但露出真面，反与明德密定逆谋。明德伪称有好友十余人，都能飞檐走壁，他日有用，都可招致出来效劳。允禩遂与他定了密约，辞别回宫；甫入禁门，遇着大阿哥允禔，被他扯住，邀至邸中，原来允禔曾封直郡王，另立府邸，当时屏去左右，向允禩道："八阿哥从哪里来？"满俗向称皇子为阿哥，所以允禔沿习俗语，叫允禩为八阿哥。允禩道："我不过在外边闲游，没有到什么地方去？"允禔笑道："你休瞒我！张明德叫你万岁呢。"允禩惊问道："大阿哥如何晓得？"允禔道："我是个顺风耳，自然听见。"允禩

道："你既晓得，须要为我瞒过父皇。"允禔道："这个自然，只可惜允礽不死，昨日闻有消息，父皇欲仍立允礽为太子。"允禩顿足道："这恰如何是好？"允禔道："我恰有一个妙法，但不知你做皇帝，什么谢我？"允禩道："我若得了帝位，当封大阿哥为并肩皇帝。"允禔道："不好不好，世上没有并肩皇帝。况我仍要受你的封，不如勿做为是。"急得允禩连忙打恭，恳求妙策。允禔道："你既要我设法，现在牧马厂中，有个蒙古喇嘛，精巫蛊术，能咒人生死，若叫他害死允礽，岂不是好？"允禔非真心待弟，观下文便知。允禩喜甚，便托允禔即日照行，揖别而去。想做皇帝，便要弄杀阿哥，帝位之害人甚矣。

允禔即去与蒙古喇嘛商议，蒙古喇嘛，名叫巴汉格隆，与允禔为莫逆交，至是允禔与商，便取出镇压物十多件，交与允禔。允禔携归，想去通知允禩，转念道："我明明是皇长子，太子既废，我宜代立，为什么去助允禩？”当下踌躇一会，忽跃起道：“照这样办法，好一网打尽了。”葫芦中卖什么药？遂匆匆入宫，见了康熙帝，把允禩与张明德勾通事，密奏一遍。康熙帝即令侍卫捉拿张明德，霎时间，明德拿到，立召内大臣问过口供，绑出宫门，凌迟处死。张明德面貌中，定要犯凌迟罪，但明德自会相面，何不趋吉避凶？一面饬宗人府将允禩锁禁，允禩一想，这事只有大阿哥得知，我叫他瞒住父皇，他莫非转去密奏么？他要我死，我亦要他死，一班犬子，奈何奈何？遂对宗人府正道：“愿见父皇一面！”宗人府落得容情，便带入宫内。

康熙帝见了允禩，勃然大怒，把他批颊两下。允禩泣道：“儿臣不敢妄为。都是大阿哥教儿臣行的。”康熙帝怒道：“胡说！他教你行，还肯告诉我么？”允禩道：“父皇如若不信，可去拿问牧马厂内的蒙古喇

嘛。”康熙帝又命侍卫将蒙古喇嘛拿到，严刑拷讯，得供是实，随差侍卫至直郡王府，不由允禔分说，竟入内搜索，连地板尽行掘起，果然有好几木人头儿，埋在土内。侍卫取出，回宫奏复，康熙帝震怒得了不得，拔出佩刀，叫侍卫去杀允禔。侍卫至此，也不敢径行奉命，跪伏帝前，代允禔求恕。此时早有宫监报知惠妃，惠妃系允禔生母，得了此信，三脚两步的趋入，跪在地下，膝行而前，连磕了几个响头，口称求皇上开恩开恩。康熙帝见此情状，不由得心软起来，便道：“爱妃且起！”惠妃谢过了恩，起立一旁，粉面中珠泪莹莹，额角上已突起两块青肿。美人几乎急杀，天子未免有情，遂将佩刀收入，命侍卫起来，带出允禩拘禁；又对惠妃道：“看你情面，饶了允禔，但我看他总不是个好人，须派人看管方好。”惠妃不敢再言，谢恩回宫。康熙帝即亲书硃谕，将允禔革去王爵，即在本府内幽禁，领班侍卫，奉旨去讫。

康熙帝经此一怒，便激出病来，是晚遂不食夜膳，次日，微发寒热，便令御医诊治。诸皇子亲视汤药，皇四子胤祯晨夕请安，且从中婉说废皇太子的冤枉，深惬帝意，于是释放废太子，亦令入宫侍疾。越数日，帝疾渐愈，乃令废皇太子及诸皇子近前，并宣召诸王入内，随即申谕道："朕暇时披览史册，古来太子既废，往往不得生存，过后人君又莫不追悔。朕自拘禁允礽后，日日挂念。近日有病，只皇四子默体朕心，屡保奏废皇太子允礽，劝朕召见。朕召见一次，愉快一次，嗣命在朕前守视汤药，举止颇有规则，不似从前的疏狂，想从前为允禔镇魇，所以如此迷惑，现在既已改过，须要从此洗心。古时太甲被放，终成令主，有过何妨改之。即是今日诸臣齐集，或为内大臣，或为部院大臣，统是朕所简用，允

礽应亲近伊等，令他左右辅导。崇进德业，方不负朕厚望。四皇子胤禛，幼年时微觉喜怒不定，目下能曲体朕意，殷勤恳切，可谓诚孝。五皇子允祺，七皇子允祐，为人淳厚，蔼然可亲，允礽亦应格外亲热。自此以后，朕不再记前愆，但教允礽日新又新，朕躬何憾！尔王大臣等须为我教导允礽，毋致再蹈覆辙！”诸王大臣未曾答复，只见皇四子跪奏道：“儿臣奉皇父谕旨，说儿臣屡保奏废皇太子，儿臣实无其事。蒙皇父褒嘉，儿臣不敢承受。”故意推辞，所谓秉性阴沉。康熙帝微哂道：“尔在朕前，屡为允礽保奏，尔以为没有证据，所以当众强辩。尔果不欲居功，尔衷尚堪共谅；尔如畏允禔、允禩，故意图赖，便非正直，转大失朕意了。”知子莫若父。皇四子叩首称谢，又奏道：“十年前侍奉皇父，因儿臣喜怒不定，时蒙训诫，近十来年，皇父未曾申饬，儿臣省改微诫，已荷皇父洞鉴，今儿臣年逾三十，大概已定，喜怒不定四字，关系儿臣身上，仰恳皇父于谕旨内，恩免记载，儿臣深感鸿慈。”康熙帝便对王大臣道：“近十年来，四阿哥确已改过，不见有忽喜忽怒形状，朕今不过偶然谕及，令他勉励，不必尽行记载便了。”喜怒不定四字，都要争辩，显见阴鸷。不知《东华录》已俱登出，争辩何益？

诸王大臣遵旨退出，私自议论，都料废太子又要重立，果然到了次年，复立允礽为皇太子，颁诏天下，遣官祭告天地宗庙社稷，并封皇三子允祉为诚亲王，皇四子胤祯为雍亲王，皇五子允祺为恒亲王，皇七子允祐为淳郡王，皇十子允䄉为敦郡王，皇九子允禟、皇十二子允祹、皇十四子允禵俱为固山贝子。又追究魇魅事，将蒙古喇嘛巴汉格隆，处以磔刑，人家不怕他魇死，他却被人剐死了。这事暂算了结。不料翰林院编修戴名世，作了一部《南山集》，又兴起大狱来了。

先是康熙初年，浙江湖州府庄廷鑨，素习儒业，平时颇留心史籍，一日，到市上闲游，见有一爿旧书坊，他却踱将进去，随手翻阅，旧书内中有一抄本夹入，视之，乃是明故相朱国桢的稿本。稿中记录明朝史事，自洪武至天启，都有编述，他即将此稿买回。招了几个好朋友，互览一番，友人统未曾见过，个个说是秘本。文人常态，专喜续貂，就各搜集崇祯年间事情，补入卷末，并将自己姓名，及友人姓名，一一附记，算是生平得意之作。廷鑨死后，家人将此书刊行，适故归安县令吴之荣，失业家居，见了此书，读到崇祯朝，有毁谤满人等语。之荣遂上书告讦，清廷即令浙江大吏，按书中姓名，一一搜捕。已死的开棺戮尸，未死的下狱正法。廷鑨是个首犯，开棺戮尸，不消说得，还把他兄弟骈戮，家产籍没，真是可怜。吴之荣复职升官，为了此事，士人多钳口结舌，不敢妄谈。偏这戴名世身居翰苑，清闲无事，著了一部《南山集》出来，集中采录明桂王事，乃抄袭桐城人方孝标遗书，并不是名世创造的。都察院御史赵申乔，竟指使是诽谤朝廷，拜疏奏发。又是一个拍马屁的官吏。康熙帝准了奏章。即饬拿名世下狱，命六部九卿会审。名世供词抄录方孝标《滇黔纪闻》是实。当由六部九卿议奏，内说戴名世有心抄录，作大不敬论，应置极刑，方孝标亦应戮尸，方、戴族人，俱应坐死。此奏一上，自然照准，可怜名世为这文字因缘，身被寸磔，戴氏族中，与名世五服相连，统皆斩首。进士方苞，因是方孝标同宗，亦系狱论死。幸亏大学士李光地极力洗释，方苞得以出狱。方氏族人，除孝标子弟外，也总算矜全了几个。这是康熙五十年间事。自此体制愈严，蒙蔽愈重。康熙帝年已六旬，精神亦渐渐衰退，比不得壮年时候，事事明察。到了五十一年，皇太子允礽，又不知为着什么事，触怒了康熙帝，又把

允礽废黜，禁锢起来。小子但闻有御笔硃谕一道，略云：

前因允礽行事乖戾，曾经禁锢，继而朕躬抱疾，念父子之恩，从宽免宥。朕在众前，曾言其似能悛改，伊在皇太后众妃诸王大臣前，亦曾坚持盟誓，想伊自应痛改前非，昼夜警惕。乃自释放之日，乖戾之心，即行显露，数年以来，狂易之疾，仍然未除，是非莫辨，大失人心。朕今年已六旬，知后日有几，天下乃太祖、太宗、世祖所创之业，传至朕躬，非朕所创立，恃先圣垂贻景福，守成五十余载，朝乾夕惕，耗尽心血，竭蹶从事，尚不能详尽，如此狂易成疾，不得众心之人，岂可付托乎？故将允礽仍行废黜禁锢，为此特谕。

允礽再废后，康熙帝立定主意，不再言立太子事。诸皇子个个窥测，探不出什么消息，便浼王大臣上书奏请。谁知上一次书，受一次训责，甚且还要治罪。诸王大臣方在疑虑，忽西域来了警信，报称策妄阿布坦杀进西藏去了。正是：

大内未曾蠲宿衅，极边又已启兵争。

西藏系清朝藩属，遇着外侮，又要劳动清兵了。诸君试看下回，便自分晓。

冢嗣被黜，名士沉冤，皆专制之焰使然。惟专制故，天下始羡皇帝之尊严。官民受皇帝之压制，不敢妄想，独众皇子济济比肩，皆有世袭之望，于是勾通内外，觊觎储位，虽以清圣祖之英明，不能免巫蛊咒诅之祸。惟专制故，天下始怨皇帝之刻毒，一语失检，罪及妻孥，祸延宗族，生固难免，死且戮尸，当时畏其威而不敢动，后世必有起而报复者，虽以

清圣祖之德惠，不能逃千秋万世之讥。本回为清圣祖病，抑且为清圣祖惜。且隐悬一专制影子，留戒后世，是文字有关国体者，可谓稗官中上乘文字。

# 第九回　闻寇警发兵平藏卫　苦苛政倡乱据台湾

却说中国西偏，有最高的大山一座，名叫喜马拉雅。喜马拉雅山北，有一种图伯特人，聚族而居，号为西藏，古时与中国不相通，唐朝时部众渐盛，入侵中华，唐史上称它为吐蕃国。唐太宗李世民，因它屡次寇边，没有安靖的日子，不得已将宗女文成公主，嫁他国

王噶木布，算是两国和亲，干戈得以少息。这文成公主素信佛教，在西藏设立佛寺，供奉释迦牟尼佛像，自此西藏臣民，个个皈依，变成了一个佛教国。传到元朝时候，元世祖南下吐蕃，邀请吐蕃拔思巴为帝师，册封大宝法王，令他管领藏地，总握政教两大权。他的子孙，取名萨迦胡土克图。萨迦就是释迦的转音，胡土克图乃是再世的意义。服饰尚红，得娶妻生子，世人称为红教。传到明朝，红教徒渐渐不法，信用日衰，甘肃西宁卫中，出了一个宗喀巴，入大雪山修行得道，别立一派，禁娶妻生子，衣饰尚黄，称作黄教。蕃众大加敬信，势力不亚法王。宗喀巴死，有两大弟子，一名达赖，一名班禅，统居前藏拉萨地。他因教中严禁娶妻，不得生子，遂另创一嗣续法，说是达赖、班禅两喇嘛，喇嘛即高僧之意。世世转生，达赖死后，第一世转生，是敦根珠巴，第二世转生，是根敦坚错。传到第三世转生，是锁南坚错，较有高行，蒙古诸部，入藏欢迎，邀他至漠南说教，黄教遂流传蒙古。第四世转生，是云丹坚错，势力越加扩张，漠北蒙古，因居地荒僻，不得亲承教旨，另奉宗喀巴第三弟子哲卜尊丹巴后身，为大胡土克图，总理外蒙古教务，居住库伦。第五世达赖转生，叫作罗卜藏坚错，用他近亲桑结为第巴。什么叫作第巴？便是中国所称管理政务的官员。达赖喇嘛，只理教务，不管政事，自第二世达赖起，已另置第巴等官，代理国政。是时红教未绝，后藏地方护法教主，叫作藏巴汗，藏巴汗反对黄教，桑结欲除灭了他，省得出来作梗，遂联络厄鲁特蒙古，遣和硕特部长固始汗，引兵入后藏，袭杀藏巴，另奉班禅喇嘛移驻后藏。从此藏地分前后二部，前藏属达赖管辖，后藏属班禅管辖。叙述详明。

固始汗本居青海，曾受清太宗册封，康熙三十七年，固始汗第十子达什巴图尔，来京朝贡，康熙帝又封他为亲王。固始汗得清廷援助，声势颇强，至是有功黄教，复得了前藏东部喀木地，命子达赉镇守，渐渐干涉前藏事情。桑结一想，杀了一个藏巴汗，又来了一个达延汗，未免引狼入室，自取祸殃。适值噶尔丹威振西域，桑结复阴与连结，叫他出兵青海，袭破和硕特部。桑结初意，颇高于吴三桂等，但仍不能脱离外人，终非善策。达赉势力，亦因此一挫。未几达赖五世殁，桑结秘不发丧，伪传达赖命令，任意妄行。噶尔丹入寇中国，桑结亦阴为怂恿，至噶尔丹败走，乃遣使入贡，诈称奉达赖命，求赐桑结封爵。清廷未察真伪，封桑结为图伯特国王，到了噶尔丹走死后，丹吉喇等来降，方报桑结矫伪情状，康熙帝赐书切责，桑结还诈称部属未靖，不敢遽泄达赖丧事，今当另立达赖，择日发丧。康熙帝因道途辽远，不便细查，且由他将错便错的过去。桑结又欲去毒杀拉藏汗，事泄无成。拉藏汗即和硕部达赉侄儿。达赉死，拉藏汗嗣，闻桑结有意害他，遂集众潜入拉萨，将桑结捉来，一刀两段。刁狡的人，总归速死。复把桑结所立的达赖，指为赝鼎，擒献清廷，另立新达赖伊西坚错为第六世。

康熙帝嘉他恭顺，封拉藏为翼法恭顺汗。偏这青海诸蒙古，不信伊西坚错为真达赖，另立了一个噶尔藏坚错，在青海坐床，请清廷速赐册印。自是达赖变了两个，谁真谁假，不能辨悉，倒像一出双包案。两下争论，遂引出策妄阿布坦的兵祸来了。策妄截献噶尔丹骸骨，奉表清廷，非常逊顺，康熙帝命划阿尔泰山西麓至天山北路一带，给彼游牧。策妄得此广土，竟想做第二个噶尔丹，并吞诸部。第一着下手，是娶了土尔扈特部阿玉奇汗女，做了妻室，复诱他妻弟背了阿玉奇，将父逐出俄罗

斯。他假称发兵帮助，竟把土尔扈特部占据起来。土尔扈特部势本衰弱，自然也服了他。第二着下手，又是依样画葫芦，拉藏汗有一姊，年近花信，不知经策妄如何运动，复许嫁了他。我怪拉藏汗的阿姊，何故甘心做小老婆？想是策妄定有媚内手段，一笑。策妄娶了拉藏姊，又把那元配生的女儿，许与拉藏汗子丹衷，令他入赘伊犁，不即放归。亲上加亲，外面似非常亲热，谁知他满怀鬼蜮，诡计多端，丹衷离国日久，欲挈妇偕回，策妄许他归国，发兵护送。行了好几个月，方入藏境，拉藏汗闻子妇回来，率领次子苏尔札，到达穆阿附近，一面迎接新妇，一面犒赏护送军。两下相遇，丹衷夫妇，谒见已毕，拉藏汗便命在行帐开筵，令护送军一律与宴。拉藏汗素性嗜酒，至此因子妇回国，格外畅饮，一杯未了又一杯，接连是十百千杯，饮得酩酊大醉，酣卧床上。这边的护送军，饮毕出外，就在拉藏汗行帐外扎好了营。

是夜准部将官大策零又至，部下有六千兵马，会合护送军，杀入拉藏帐内。拉藏汗手下卫兵，本是不多，况又大家吃得沉醉，还有何人抵当？准部兵一拥而入，杀死了拉藏汗，把他次子苏尔札捆绑起来，余外不是被杀，便是被捆，只剩了一对新夫妇，一个是策妄娇婿，一个是策妄娇儿，总算用些情面，不去缚他。丹衷还算运气。随即潜到拉萨，骗入拉萨城，把个半真半假的新达赖拘入暗室，做个坐关和尚。妙语解颐。

这信传到清廷，康熙帝本已遣靖逆将军富宁安，率兵驻扎巴里坤，防备西域，至是急命傅尔丹为振武将军，祁里德为协理将军，出阿尔泰山，会合富宁安军，严备准噶尔入寇，另遣西安将军额鲁特，督兵入藏，侍卫色棱为后应，康熙五十七年，两军次第渡木鲁乌苏河，分道深入。大策零分军迎战，只数合便退。明是诱敌。额鲁特率兵追入，

色棱继进，到喀喇乌苏河岸，大策零留有伏兵，顿时四起，截住清兵。额鲁特等料知陷入重地，率兵猛扑，怎奈这番敌军，纯是精锐，与前时接仗，大不相同。额鲁特不能前进，只得退后，不料后面流星马又到，报称准兵绕出后路，把军饷截夺去了。清兵闻军饷被劫，不战自乱，额鲁特、色棱两人，极力弹压，勉强镇定。过了数日，粮尽矢穷，准兵四面聚集，好似天罗地网一般，一阵攻击，清兵全营覆没，都做了沙场之鬼。虽是战死，幸而死在西方，免得童男童女接引。

康熙帝接了败报，再命皇十四子允禵为抚远大将军，驻节西宁，升任四川总督年羹尧，备兵成都，拟分道进发。敕封噶尔藏坚错为达赖六世，檄蒙古兵扈从达赖，随大军直入西藏，于是蒙古各汗王贝勒，各率部兵至青海，恭候清兵出塞。康熙五十九年春，诏移允禵移驻木鲁乌苏河治饷，令将西宁军付都统延信出青海，年羹尧仍坐镇四川，令将川军付护军统领噶尔弼出打箭炉，分趋藏境。大策零闻清兵分出，自拒青海军，另遣部兵三千余人，抵当噶尔弼。噶尔弼副将岳钟琪，素有胆略，领亲兵六百名，首先开路，至三巴桥，系入藏第一险要。岳钟琪招募番众，许他重赏，令诈降守桥兵，里应外合，竟把三巴桥占住。噶尔弼率军来会，忽闻准部兵来夺三巴桥，头目叫作黑喇玛，有万夫不当之勇，噶尔弼颇惊慌起来。岳钟琪道："有钟琪在，就使来了红喇玛，也不怕他，待明日擒他便是。"是夕，岳钟琪率兵出营，潜掘陷坑，上用青草盖住，令兵士带了鉤索，伏在陷坑里面。部署已定，然后回营。次晨，黑喇玛仗着勇力，飞奔前来，岳钟琪出兵对敌，诱黑喇玛至陷坑旁。黑喇玛有勇无谋，但知上前追杀，不料脚下有坑，一脚蹈空，坠入坑内，任你黑喇玛膂力过人，至此被伏兵鉤住，急切不能展身。伏兵紧紧捆

缚，扛入清寨。黑喇玛受擒，余众不战自降，方拟鼓行入藏，忽来了大将军檄文，令待青海军并进。噶尔弼踌躇未决，岳钟琪道："我兵只赍两月粮饷，从川西到此，已过了四十多日，若再待青海军，粮饷食尽，如何入藏？现不如乘机疾进，沿途招抚番众，用番攻番，约十日可抵拉萨，出其不意，容易荡平。"噶尔弼欲集众议决，钟琪道："事在必行，何须多议！钟琪不才，愿喷此一腔热血，仰报朝廷，请于明晨即行。"钟琪系岳武穆王二十一世孙，武穆仇金，钟琪忠清，似不能善绳祖武，惟为清攻藏，恰有可原。噶尔弼也不多言。

次晨，岳钟琪即用皮船渡河，直趋西藏，途中遇土司公布，用好言抚慰，公布很为感激，遂代为招集番兵七千，引钟琪入拉萨。钟琪观番兵可恃。遂分部兵三千名，绕截大策零饷道，自领番众趋拉萨城。拉萨城内，只有几个准兵，见岳军大至，尽行逃散。钟琪长驱入城，号召大小第巴，宣示威德，除助逆喇嘛的，杀了五人，并幽禁九十多人，其余一概赦免，那时僧俗都顶礼膜拜，感谢再生。

这时候，青海军统领延信，正与大策零相持，连败大策零数阵，策零欲退回拉萨，又被岳军截住，进退两难，遂扒山过岭，遁回伊犁，途中崎岖冻馁，死了大半。延信遂送新达赖入藏登座，令拉藏汗旧臣康济鼐，掌前藏政务，颇罗鼐掌后藏政务，留蒙古兵二千驻守，奉诏班师，各回原地镇守，西藏暂归平靖。康熙帝又要咬文嚼字，亲制一篇平定西藏碑文，命勒石大招寺中，小子也不暇细录。

只是康熙帝安乐一次，总有一次忧愁，相逼而来。忧乐相循，祸福相倚，是颠扑不破的事理。入藏军已报凯旋，台湾忽报大乱。说来可笑，台湾乱首，乃是一个贩鸭营生的小百姓，名叫一贵，他的姓恰与大明太祖皇帝相同。尝见人家婚丧事，排列仪仗，每借同姓的头衔，书入头行牌，以

示烜赫。一贵虽是贩鸭，然与明祖同姓，亦自足夸。自施琅收服台湾后，台民虽稍有蠢动，事发即平，至康熙晚年，用了一个贪淫暴虐的王珍，实授台湾知府，没有税的要加税，没有粮的要征粮，百姓不服，就要拿来打屁股，或枷号几个月，还有一切诉讼事件，有钱即赢，无钱即输，因此台民怨愤异常。官逼民反。这个朱一贵，虽是贩鸭为生，他却有几个酒肉朋友，一叫黄殿，一叫李勇，一叫吴外，这三人素不安分，与朱一贵恰很是莫逆，一日，到了酒楼，一面吃酒，一面谈论平日事情，黄殿问一贵道："近日朱大哥生意可好？"一贵摇头道："不好不好！现在这个混账知府，棺材里伸手，死要铜钱，连我贩卖几只鸭，也要加捐。我此番贩鸭一千只，反蚀了好几千本钱，看来只好罢休哩。"小本经营，不应加重捐，观此便知。李勇、吴外齐声道："这般狗官，总要杀掉他方好。"该杀！一贵道：

“只有我等几个小百姓，哪里能杀知府？”黄殿道：“要杀这个混账知府，也是不难，只此处非讲事堂，兄弟们不要多嘴。”黄殿乖。言毕，以目示意。大家饮完了酒，由一贵付了酒钞，遂同至一贵家内，彼此坐定，黄殿道：“朱大哥你道是贩鸭好，是做皇帝好？”一贵醉醺醺地笑道：“黄二弟真吃醉了，贩鸭的人，怎么好同皇帝去比？”黄殿道：“朱大哥想做皇帝否？”一贵大笑道：“像我的人，只能贩鸭，哪里会做皇帝？”黄殿道：“明太祖朱元璋曾充庙祝，后来一统江山，好端端地做了皇帝。大哥也是姓朱，贩鸭虽贱，比庙祝要略胜三分，水无斗量，人无貌相，要做皇帝，何难之有？”一贵听了此言，不觉手舞足蹈起来，便道：“我就做皇帝，黄二弟等须要帮助我。”黄殿道：“总教大哥不要惊慌，明日就请大哥南面为王。”一贵乘着醉意，便道：“我果

有一日为王，就使千刀万剐，亦是甘心。”赌什么气？罚什么咒？天道昭彰，不容妄说。黄殿道：“一言为定，不要图赖。”一贵道：“自然不赖。”黄殿便邀同李勇、吴外，告别而去。

到了次日，黄殿复同李勇、吴外，带了一二百个流氓，抬了箱笼，匆匆到一贵家来。一贵不知何故，慌忙问道：“黄二弟！你同这许多人，到我家何干？”黄殿道：“请你即日做皇帝。”一贵此时，已把昨日的酒话，统共忘记，至此始恍惚记忆起来，便笑道：“昨日乃是酒后狂言，如何作准？”黄殿道：“不能，不能！昨日你已认实，今朝不能图赖。就使你要不做，也不容你不做。”说毕，就命手下开了箱衣，取出黄冠黄袍，把朱一贵改扮起来。一贵道：“你等太会戏弄我了。”黄殿道：“哪个来戏你？”顿时七手八脚，将朱一贵旧服扯去，穿了黄冠黄服，一个贩鸭的小民，居然要他坐在南面，做起强盗大王来了。

看官！你道这套黄冠黄袍，是哪里来的？他是从戏子那里借来，暂时一穿，还有一套蟒袍宫裙，续行取出。黄殿趋入内室，扶出一个黄脸婆子，教她改装。可怜这黄脸婆子，吓得发抖，哪里敢穿这衣服？黄殿也顾不得什么嫌疑，竟将蟒袍披在黄脸婆子身上，引她至一贵左侧坐下。不与她系宫裙，黄殿未算周到。于是大众取出衣服，一律改扮，穿红着绿，挤作一堆，向朱一贵夫妇叩起头来。煞是好看。弄得朱一贵夫妇受也不是，不受也不是，索性像木偶一般。大家拜毕，竟去外边劫掠，掳些金银财帛，做起旗帐，造了军器，占了民房数十间，就揭竿起事。

一夫作俑，万人响应，不到十日，竟招集了数千人。台湾总兵欧阳凯，急议发兵往剿，游击刘得紫素称知兵，至是请行。欧阳凯不许，偏遣一个庞大无能的周应龙，领兵前去。敌寨距府城只三十里，周应龙沿

途停止，三十虽路，走了三日，敌众依山拒守，应龙也不去攻击，反纵兵焚掠近村。村民大愤，相率从贼。南路奸民杜君英，亦乘此作乱，与朱一贵连合，袭杀凤山参将苗景龙，府城大震。欧阳凯带了刘得紫，及副将许云，率兵一千五百，亲剿一贵，黄殿、李勇、吴外等，出寨迎敌，许云跃马陷阵，贼皆辟易，黄殿等都逃入山中。会水师游击游崇功，亦自鹿耳门入援，欧阳凯大喜，只道是敌众胆落，毫不设备。过了两日，朱一贵、杜君英合军大至，遥见尘头起处，约有数万人马，迤逦前来。清兵先已胆寒，面面相觑。欧阳凯急出抵御，正接仗间，把总杨泰立在欧阳凯背后，忽然跃起，将欧阳凯刺落马下。刘得紫急忙趋救，不防杨泰又一枪刺来，得紫急闪，坐骑已中了一枪，那马负痛踣地，把得紫掀落地上，也被叛兵擒住。霎时官军大乱，许云、游崇功拦阻不住，贼军又围裹拢来，只得拼命血战。到了日中，矢炮俱尽，各手刃数十人，自刎而亡。

于是水师游击张贤、王鼎等，率兵千余，战舰数十艘，逃出澎湖。台湾道梁文煊，知府王珍等，尽驱港内商舶渔艇，逃出鹿耳门。周应龙逃得更快，竟遁入内地。朱一贵进陷台湾府，大掠仓库，复得郑氏旧贮炮械硝磺铅铁等，非常欢喜。北路奸民赖池、张岳，亦同日陷诸罗县，击杀参将罗万仓，凡七日而全台陷。朱一贵大会部众，犒宴三日，自称中兴王，国号永和，封黄殿为辅国公，兼衔太师，李勇、吴外等为侯，以下封了许多将军总兵。袍服不及裁制，戴了一顶明朝冠，便算了事。里面掳了无数妇女，充作妃嫔。一贵左拥右抱，说不尽的快活。比黄脸婆子何如？台湾百姓，编出一种歌谣道：

头戴明朝冠，身衣清朝衣。

五月称永和，六月还康熙。

看了这种谣传，朱一贵的王位，恐怕是不稳固了。究竟朱一贵做了几日台湾王，下回再行详叙。

达赖转生，明是佛教欺人之说，狡黠诸徒，利用之以揽权势，于是真伪达赖之问题生。内哄未休，外侮已至，卒至全藏大乱，欺人者适以自欺，亦何益乎？清圣祖既遣将平藏，何不于此时设置贤吏，昌明政教，有以移其风而易其俗？乃复送一无知无识之达赖，入藏坐床，平一时之乱或有余，平一世之乱则不足，此所谓敷衍目前之计，无怪其旋平旋乱也。若台湾收入版图，已数十年，芟荆棘，夷溪洞，用夏变夷，推行风教，吾知数十年内，亦可收功。乃所用非人，徒知殃民，不知化民，一贩鸭徒揭竿作乱，仅七日而全台俱陷，何扰乱之速耶？有清一代，惟圣祖最号英明，而于绝域政教，不甚厝意，遑问自郐以下乎？阅本回，应令人叹惜。

# 第十回 畅春园圣祖宾天 乾清宫世宗立嗣

却说朱一贵既陷台湾，逃官难民，尽至澎湖，澎湖守将，仓猝不知所为，亦尽室登舟，将渡厦门，百姓惊惶得了不得。独守备林亮决计固守，驰赴海滨，拦住官民家眷，不准内渡，人心稍稍镇定。水师提督施世骠，自厦门至澎湖，南澳总兵蓝廷珍，奉闽督檄令，亦至澎湖来会。于是命守备林亮，千总董芳为先锋，率领舰队八千人，直捣鹿耳门。适朱一贵与杜君英争长，自相残杀，确是强盗行为。乡民愤一贵暴掠，又各结民团，保护村落。清兵闻一贵内乱，百姓不附，顿时勇气百倍；到了鹿耳门，岸上大炮迭发，林亮、董芳，冒死直进，遥望岸上炮台，火药累积，林亮饬水兵用炮还击，注射火药，炮声过处，火药上冲，震得海水陡立，天地为昏。那时岸上的守兵，统弹得不知去向。林亮、董芳，即舍舟登岸，率兵直入。施世骠、蓝廷珍，亦带领大军随进，节节进攻，随剿随抚。看官！你想这等朱一贵、杜君英的混账东西，哪里敌得住几员虎将？连战连败，连败连走，清兵乘势追杀，直薄台湾城下，东西南北，布满兵队，大炮的声音，镇日不息。朱一贵束手无策，只躲在伪宫内，对了一班王妃王妾，哭泣不止。此时究竟是贩鸭好？是做皇帝好？还是外面的军师黄殿，想了一个劫营的计策，于夜间潜开城门，突击清营，谁知早被蓝廷珍料着，摆了一个空营计，待李勇、吴外等杀入，伏兵一齐掩击，像砍瓜切菜一般。林亮斩了李勇，董芳刺死吴外，只剩了后队的黄殿，急忙逃回，转身一望，城门已闭，城上立着一员大将，不是别人，乃是清游击刘得紫。突如其来。原来刘得紫被杨泰擒去，献与一贵，一贵颇重得紫名，不去杀他，把他禁住学宫。得紫不食三日，情愿饿死。诸生林皋、刘化鲤，密劝得紫受食，徐图恢复，得紫乃饮食如常，此次黄殿出城劫营，把城中部众，尽行拔出，林、刘二生，遂邀集良民，拥得紫出学宫，闭了城门，请得紫上城拒守。黄殿进退无路，投濠自尽。施世骠下令，降者免死，于是叛众尽降。刘得紫开城迎入，把前情叙说一遍，世骠即令导入伪宫，擒出朱一贵，审问属实，推入囚笼。室内的伪妃伪嫔，统教民间自认，令他带去。做了数日妃嫔，滋味如何？统计清兵攻入鹿耳门，进复台湾府城，也是七日。世骠复分兵搜剿南北两路，擒到杜君英等，与朱一贵槛送北京，一概凌迟处死。千刀万剐之言验了，一贵自思，甘心不甘心？复将弃台逃走的道府厅县，尽行治罪。只王珍已惧罪自尽，命即剖棺枭示。王珍是个首恶，可惜不把他凌迟。施世骠等各邀奖叙，也不必细说了。

且说康熙帝因台湾再平，八荒无事，自己又年将七旬，明知风烛草霜，衰年易迈，索性开了一个盛会，凡满、汉在职官员，及告老还乡，得罪被谴的旧吏，年纪六十五以上的人，统召入乾清宫，一一赐宴。这时候，正是康熙六十一年春间，天气晴和，不寒不暖，一班老头儿，团坐两旁，差不多有一千个，围住这个老皇帝，饮起酒来，皇帝又特别加恩，叫他们不要拘谨，大众奉谕，开怀畅饮。酒兴半酣，老皇帝动了诗兴，做成七律诗一首，命与宴诸臣，按律恭和。这班老头儿，把诗文

一道，多半束诸高阁，满员是简直未曾用过工夫，至此要他个个吟诗，几乎变成一种虐政，幸亏这班老人有些乖刁，预料这老皇帝召他饮酒，免不得咬文嚼字，因此早打好通关，先与几个能诗作赋的老朋友，商量妥当，倩他作了抢替，一面复贿通宫监，托令传递，所以当场都吟成一诗，恭呈御览，虽是好歹不一，总算不至献丑。诗中大意，千首一律，无非是歌功颂德一套烂语。等到诗已做成，日近黄昏，大众散席，谢了圣恩，出宫而去。这场盛宴，叫作千叟宴，康熙帝倒也非常得意。太监得了银子，还要得意。可奈盛筵不再，好景难留，转瞬间已是冬月，大学士九卿等，方拟次年圣寿七旬，预备大庆典礼，谁料天有不测风云，人有旦夕祸福，康熙帝竟生起病来。这场病非同小可，竟是浑身火热，气急异常，太医院内几个医官，轮流入内诊脉，忙个不了。服药数剂，稍稍减退，身子渐觉爽快，气喘也少觉平顺，只是精神衰迈，一时未能回复，所以未便起床。诸皇子朝夕问安，皇四子胤祯，此次侍奉，却不见十分殷勤，每遇夜间，总要到理藩院尚书府内，密谈一回。有何大事。这理藩院尚书名叫隆科多，乃是皇四子的母舅。句中有眼。过了数日，康熙帝病体，又好了一些，因卧床多日，未免烦躁，要出去闲逛一番。皇四子胤祯入奏，父皇要出去散心，不如至畅春园内，地方宽敞，又是近便，最好静养。康熙帝道："这也是好，只冬至郊天期已近了，朕躬不能亲往，命你恭代，须预先斋戒为是。"皇四子胤祯闻了此谕，未免踌躇。为什么事踌躇？康熙帝见他情形，便问道："你敢是不愿去？"胤祯即跪奏道："儿臣安敢违旨，但圣体未安，理应侍奉左右，所以奉命之下，不觉迟疑。"康熙帝道："你的兄弟很多，哪个不能侍奉？你只管出宿斋所，虔诚一点便好。"胤祯无奈，遵旨退出。是夜，又与这个母舅隆科多，密议了一夕大事。

次日，康熙帝到畅春园，诸皇子随驾前往，隆科多本是皇亲，也随同帮护。独皇四子胤祯已去斋所，不在其中。有隆科多作代表，已经够了。又过了数天，康熙帝病症复重，御医复轮流诊治，服了药全然无效，反加气喘痰涌，有时或不省人事，诸皇子都着了忙，只隆科多说是不甚要紧。是夜，康熙帝召隆科多入内，命他传旨，召回皇十四子，只是舌头蹇涩，说到十字，停住一回，方说出四子二字。隆科多出来，即遣宫监去召皇四子胤祯，翌晨，胤祯至畅春园，先见了隆科多，与隆科多略谈数语，即入内请安。康熙帝见他回来，痰又上涌，格外喘急。诸皇子急忙环侍，但见康熙帝指着胤祯说道："好！好！"只此两字，别无他嘱，竟两眼一翻，归天去了。诸皇子齐声号哭，皇四子胤祯，大加哀恸，比诸皇子尤觉凄惨。真耶假耶？

隆科多向诸皇子道：“诸阿哥且暂收泪，听读遗诏！”此时诸皇子中，惟允禵远出未归，允禔仍被拘禁，未能擅出奔丧，允禩先已释放，一同在内，听得遗诏二字，先嚷道：“皇父已有遗诏么？”隆科多道：“自然有遗诏，请诸阿哥恭听！”便即开读道：“皇四子人品贵重，深肖朕躬，必能仰承大统，着继朕登基，即皇帝位。”允禩、允禟齐声道：“遗诏是真么？”隆科多正色道：“谁人有几个头颅，敢捏造遗诏？”于是嗣位已定，皇四子趋至御榻前，复抚足大恸，亲为大行皇帝更衣，可谓诚孝。随即恭奉大行皇帝还入大内，安居乾清宫。丧事大典，悉遵旧章，不必细表。后人有满清宫词一首，纪此事道：

新月如钩夜色阑，太医直罢药炉寒。斧声烛影皆疑案，是是非非付史官。

统计康熙帝在位六十一年，守成之中，兼寓创业，南征北讨的事情，上文已经详叙，若讲到内外各大吏，也算是清正的多，贪污的少。自鳌拜伏罪后，后来只有大学士明珠，佐命有功，得康熙帝信任，未免露出骄恣情状，然总不如鳌拜的专横。此外名臣如魏裔介、魏象枢、李光地、汤斌等，都通理学，于成龙、张伯行、熊赐履、张鹏翮、陆陇其等，都守清操，彭孙遹、高士奇、朱彝尊、方苞等，虽没有什么功业，也要算治世文臣，有的通经，有的能文，肚子中含有学问，与一班酒囊饭袋，究竟两样。康熙帝也好学不倦，上自天象地舆音乐法律兵事，下至骑射医药，蒙古西域拉丁文书字母，无乎不窥，无乎不晓；兼且自奉勤俭，待民宽惠，六十年间，蠲租减赋的谕旨，时有所闻，所以全国百姓，统是畏服；满族中得此奇人，总要算出乎其类，拔乎其萃了。评论确当。

可惜晚年来储位未定，遂致宴驾后，出了一桩疑案。这位秉性阴沉的四阿哥，竟登了大宝，拟定年号是雍正两字，以次年为雍正元年，是为世宗宪皇帝。第一道谕旨，便封八阿哥允禩，十三阿哥允祥为亲王，令与大学士马齐，舅舅隆科多，总理内外事务。第二道谕旨，命抚远大将军允禵，回京奔丧，一切军务，由四川总督年羹尧接续办理。两谕俱有深意，休作闲文看过。

过了残腊，就是雍正元年元日。雍正皇帝升殿，受朝贺礼毕，连下谕旨十一道，训饬督抚提镇以下文武各官，大致意思是“守法奉公，整躬率物，倘有不法情事，难逃朕衷明察，毋贻后悔！”次日复视朝，百官俱至，雍正帝问百官道：“昨日元旦，卿等在家，作何消遣。”众官员次第回答，或说饮酒，或说围棋，或说是闲着无事；只有一个侍郎，脸色微赪，听众人俱已答毕，不能再推，只得老老实

实地说道："微臣知罪，昨晚与妻妾们玩了一回牌。"雍正帝笑道："玩牌原干例禁，昨日乃是元旦，你又只与家中人消遣，不得为罪。朕念你秉性诚实，毫无欺言，特赏你一物，你持回去，与妻妾并看罢！"说毕，掷下小纸包一个。侍郎拾在手中，谢恩而退；回到家中，遵着上谕，取出御赐的物件，叫妻妾同看；当即拆开纸包，大家一瞧，个个吓得伸舌，复将昨日玩过的纸牌，仔细一检，恰恰少一张。看官试掩卷一猜！应知这纸包中，不是别物，定是昨日所失的一张纸牌儿。那时有一位姨太太道："昨日的纸牌，是我收藏，当时也不及细检，不知如何被皇帝拿去一张？难道当今的圣上，是长手佛转世么？"侍郎道："不要多嘴，以后大家留意便是。"这位姨太太偏要细问，侍郎走出户外，四周围瞧了一番，方入户闭门，对妻妾道："我今日还算大幸，圣上问我昨日的事，我晓得这个圣上，不比那大行皇帝，连忙老实说了，圣上方恕我的罪，赐我这张纸牌；若少许欺骗，不是杀头，便是革职哩！”众妻妾又都伸舌道：“有这么厉害！”侍郎道：“当今皇上做皇子时，曾结交无数好汉，替他当差办事，这班人藏有一种杀人的利器，名叫血滴子。”说到此处，忽听檐上一声微响，侍郎大惊失色，连忙把头抱住。疑心生暗鬼。众妻妾不知何故，有几个胆小的，忙躲入桌下。歇了半晌，一物从窗中纵入，侍郎越加胆怯，勉强一顾，乃是一只狸斑猫。侍郎至此，不觉失笑，随令众妻妾各归内室。众妻妾经此一吓，也不敢再问这血滴子。

小子恐看官尚未明白，只好补说数语，再入正传。这血滴子是什么东西？外面用革为囊，里面却藏着好几把小刀，遇着仇人，把革囊罩他头上，用机一拨，头便断入囊中，再用化骨药水一弹，立成血水，因此叫做血滴子。这乃雍正皇帝同几位绿林豪客，用尽心机想出

来的。

这班绿林豪客的首领，便是四川总督年羹尧，羹尧系富家之子，幼时脾气乖张，专喜耍枪弄棍，他的父亲年遐龄，请了好几个教书先生，教他读书，都被羹尧逐去。后来得了一个名师，能文能武，把羹尧压服，方才学得一身本领。这名师临别赠言，只有“就才敛范”四字。羹尧起初倒也谨佩师训，嗣后与皇四子胤祯结交，受他重托，招罗几个好汉，结拜异姓兄弟，帮助这位皇四子。皇四子就保荐年羹尧，说他材可大用。康熙帝召见，果然是一个虎头燕颔，威风凛凛的人物，遂连次超擢，从百总、千总起，直升至四川总督。皇四子外恃年羹尧，内仗隆科多，竟得了冠冕堂皇的帝位。他恐人心不服，有人害他，遂用了这班豪客，飞檐走壁，刺探人家隐情。抚远大将军允禵，督理西陲军务，是雍正帝第一个对头，不但怕他带兵，还要防他探悉隐情。因此借奔丧为名，立刻调回，令年羹尧继任。上文第二道谕旨，已自表明。至允禵回京后，免不得有点风声闻知，且允禩、允禟辈，又要同他细叙前情，语言之间，总带了三分怨望，谁知早已有人密奏，雍正帝即调往盛京，令他督造皇陵。允禵已去，又降了一道上谕，命总理王大臣道：

贝子允禵，原属无知狂悖，气傲心高，朕屡加训诲，望其改悔，以便加恩，但恐伊终不知改，而朕必欲俟其自悔，则终身不得加恩矣。朕惟欲慰我皇妣皇太后之心，着晋封允禵为郡王，伊从此若知改悔，朕自叠沛恩施，若怙终不悛，则国法具在，朕不得不治其罪。允禵来时，尔等将此旨传谕知之！

这道上谕，真正离奇，既要封他为郡王，又说他什么无知，什么不悛，这是何意？古人说得好："将欲取之，必姑与之。"雍正

帝登位，先封允禩为亲王，也是这个用意。不过允禩本得罪先帝，人人晓得他的罪孽，所以加他封爵，绝不多谈。上文第一道谕旨，更自表明。独这允禵，乃先帝爱宠的骄子，前时并没有什么处分，只可先把他无影无踪的罪名，加在身上，一面假作慈悲，封为郡王，令臣民无从推测，然后好慢慢摆布。

过了数月，又想出一个新奇法子，召集总理王大臣及满汉文武官员，齐集乾清宫。大众不知有什么大事，都捏着一把汗。雍正威权，已见一斑。到了宫内，但见雍正皇上，南面高坐，谕众官道："皇考在日，曾立二阿哥为太子，后来废而又立，立而又废。皇考晚年，常闷闷不乐，朕想立储系国家大计，不立不可，明立亦不可。尔等有何妙策？"王大臣齐声道："臣等愚昧，凭圣衷定夺便是！"雍正帝道："据朕想来，建立太子，与一切政治不同。一切政治，须劳大众参酌，立太子的事情，做主子的理应独断。譬如朕有几个皇子，倘必经大众议过，方可立储，恐怕这个王大臣，说是这个阿哥好，那个王大臣，说是那个阿哥好，岂不是筑室道旁，三年不成么？既如此说，何必召王大臣会议？只是明立太子，又未免兄弟争夺，惹出祸端，朕再三筹划，想出一种变通的法子，将拟定皇储的诏旨，亲写密封，藏在匣内。”说到此处，把头向上面一望，手向上面一指，随即道：“便安放在这块正大光明匾额后面，可好么？”诸王大臣等，自然异口同声，都说思虑周详，臣下岂有异议？雍正帝遂命诸臣退出，只留总理事务王大臣在内，自己密书太子名字，封藏匣内，令侍卫缘梯而上，把这锦匣安放匾额后面，总算储位已定。这方匾额，悬在乾清宫正中，正大光明四字，乃是雍正帝御笔亲书，这也不在话下。

总理事务王大臣，只看见这匣子，不晓得里面的名字，究竟是哪一位阿哥，后来雍正

帝晏驾，方将此匣取下，开了匣子，才识密旨中写着皇四子弘历，正大光明，恐未必是这样讲法。这弘历是皇后钮祜禄氏所出，相传钮祜禄氏，起初为雍亲王妃，实生女孩，与海宁陈阁老的儿子，是同年同月同日生的。钮祜禄氏恐生了女孩，不能得雍亲王欢心，佯言生男，贿嘱家人，将陈氏男孩儿抱入邸中，把自己生的女孩子，换了出去。陈氏不敢违拗，又不敢声张，只得将错便错，就算罢休。后人也有一首宫词，隐咏这事道：

果然富贵亦神仙，内使传呼敞御筵。

不辨吕嬴与牛马，上方新赐洗儿钱。

立储事已毕，忽接到川督年羹尧八百里紧报，“青海造反”，为这四字，又要劳动兵戈了。看官少憩，待小子续编下回。

本回起首二十行，只结束台湾乱事，不足评论。接续下去，便是清圣祖晏驾事，后人互相推测，议论甚多。或且目世宗为杨广，年羹尧、隆科多为杨素、张衡，事鲜左证，语不忍闻，作书人所以不敢附和也。惟圣祖欲立皇十四子允禵，皇四子窜改御书，将十字改为于字，此则故父老皆能言之，似不为无因。但证诸史录，亦不尽相符。作者折衷文献，语有分寸。至世宗嗣位，开手即鬼鬼祟祟，绘出一种秘密情状，立储，大事也，乃亦以秘密闻，然则天下事亦何在不容秘密耶？司马温公云："事无不可对人言。"清之世宗，事无一可对人言，以视乃父之宽仁，盖相去远矣。